Tagebuch eines deutschen Soldaten

Ein Roman aus dem zweiten Weltkrieg

RICHARD G. HOLE

Tagebuch eines deutschen Soldaten

Ein Roman aus dem Zweiten Weltkrieg

1

Richard G. Hole

Zweiter Weltkrieg

ZUSAMMENFASSUNG

Diese Offensive, die wir gleich beginnen werden, kann vielleicht die erstickende Rüstung, die uns umgibt, abschwächen. Gott bewahre.

Andernfalls wird unser schönes Land, das schönste Land der Welt und bis vor kurzem leider das stärkste, den Stiefel des Eindringlings kennen.

So nah waren wir ihm seit Napoleon nicht, und ich glaube, wir werden es auch in den nächsten Jahrhunderten nie sein, denn dieser Krieg wird der letzte aller Kriege sein müssen.

Das zumindest sagen die Alliierten, obwohl sie es überhaupt glauben?

Tagebuch eines deutschen Soldaten ist eine Geschichte aus der Sammlung des Zweiten Weltkriegs, einer Reihe von Kriegsromanen, die im Zweiten Weltkrieg entwickelt wurden

TAGEBUCH EINES DEUTSCHEN SOLDATEN

ERSTER TEIL

6. Dezember.

Wir sind jetzt seit sieben Tagen an diesem Ort. Sieben Tage Inaktivität scheinen viel zu sein, wenn man bedenkt, was wir bisher getan haben, aber den Truppen und uns erschienen sie sehr kurz. Wir haben uns ausgeruht.

Ich habe geschrieben, wir ruhen. Er hätte sagen sollen, dass wir uns vorbereiten, denn genau das tun wir: uns auf den Ansturm vorzubereiten. Wer dachte, Deutschland sei schon besiegt, blutete und sah nun, wie die mit Truppen und Material beladenen Züge in dieser Region der Eifel ankommen (ich habe bis zu hundert Zeitungen gezählt), könnte meinen, er habe sich geirrt, dass das Land behält immer noch seine Kraft.

Aber täuschen wir uns nicht. Diese Truppen sind die letzte Glut des Feuers. Zum ersten Mal seit 1918 sind die Feinde in der Nähe unserer Grenzen. Hier vor uns. Sie sind unserem Land nahe, sie umgeben uns. Sie haben bereits das Saarland erreicht und bedrohen Köln. Die Russen nähern sich Budapest mit Zwangsmärschen ... die Engländer sind wieder in Griechenland ... Gott, wie ich das alles hasse. Der Stift verweigert dies.

Andererseits kann diese Offensive, die wir jetzt beginnen, vielleicht die erstickende Rüstung, die uns umgibt, abschwächen. Gott bewahre. Andernfalls wird unser schönes Land, das schönste Land der Welt und bis vor kurzem leider das stärkste, den Stiefel des Eindringlings kennen. So nah waren wir ihm seit Napoleon nicht, und ich glaube, wir werden es auch in den nächsten Jahrhunderten nie sein, denn dieser Krieg wird der letzte aller Kriege sein müssen.

Das zumindest sagen die Alliierten, obwohl sie es überhaupt glauben?

Aber ich bin kein Schriftsteller oder Historiker. Ich bin einfach Soldat. Daher ist dies das Tagebuch eines Soldaten. Ein Tagebuch, das ich für mich selbst schreibe, weil ich sonst verrückt würde. Keine

Rhetorik mehr: harte Fakten. Ich überlasse es anderen, die Ursachen des Krieges, die Gründe für unsere Niederlagen, getreu aufzuschreiben.

Die Fakten?

Ich, Ulrich Tagger, Major der 2. Division der 5. deutschen Panzerarmee, befinde mich mit meiner Division, mit meiner Armee in der Nähe von Pronsfield. Hier sind unsere treuen «Panther», unsere treuen «Tiger», geölt, sauber, mit Munition und Öl versorgt. Ja, wir sind bereit. So dass?

Erst gestern sprach ich mit einem "Adjutanten" des Kommandeurs der 5. Panzerarmee von Manteuffel.

„Tagger" sagt mir." Sie können sich immer noch nicht einigen.

„Im Namen von... Haller, was ist los mit dir?

„Darüber können sie sich nicht einigen. Der Führer hat eines gesagt, von Rundstedt sagt etwas anderes, Model sagt etwas anderes, und ich sage, wenn wir uns nicht beeilen, werden wir es nicht schaffen.

„Was tun, Haller?

Haller, groß, dünn wie Korbweide, mit feinem Preußenkopf und dunklem Haar, sieht sich um.

„Ist das Hagen-Monster nicht in der Nähe?

„Nein, nein" antworte ich ungeduldig „Wie heißt Hagen denn jetzt?

"Ich möchte nicht, dass Sie hören, was ich sagen werde" Hagen "Ich sage etwas steif", er ist einer meiner besten Offiziere. Oder besser gesagt: der beste meiner Panzerbosse.

„Ich weiß, ich weiß, und ich wäre der Letzte, der seine Verdienste leugnen würde; aber das letzte Mal, als mir einfiel, vor ihm von einem Gespräch zu sprechen, das ich vom General gehört hatte, wiederholte er es in einer Taverne vor einer Gruppe von Offizieren und fügte einige Kommentare hinzu, die er selbst gemacht hatte.

Ich versuche, nicht zu lächeln. Ich erinnere mich an den Fall: Hagen sagte, wenn eine Affenherde dieselbe Erdnuss fressen will, wird einer von ihnen sie bekommen, und diese wird wahrscheinlich die stärkste sein, nicht die klügste.

„Vergiss Hagen", sage ich. „Jetzt ist er nicht hier, sondern wahrscheinlich im Dorf.

"Mit einigen Liebe machen ...

„Nun, der Punkt ist, er ist nicht hier. Was wolltest du mir sagen?

„Tagger, es gibt zwei unterschiedliche Meinungen darüber, was wir tun sollten. Das eine, das des Führers, das andere von Rundstedt. Der Führer will die Amerikaner und Engländer sofort ins Meer werfen. Jetzt sofort. Bereits. Rundstedt und Model bevorzugen eine Flockenserie im Norden, die jene Speerspitze rückgängig machen könnte, mit der die Amerikaner Köln bedrohen. Es könnte getan werden, ohne viele Leute zu verlieren.

"Wenn ich sage ". Ich habe mir die Karte oft angesehen und weiß, obwohl ich kein Stabsoffizier bin, was Sie meinen. Um die Amerikaner und Engländer ins Meer zu werfen, müssen Sie von dort aus in Richtung Antwerpen angreifen.

"Genau. Die Alliierten haben den Hafen von Antwerpen noch nicht in Betrieb genommen. Wenn wir dorthin gelangen, haben wir ihnen einen Knochen serviert, an dem sie wahrscheinlich nicht nagen können. Der Plan des Führers ist nicht schlecht; genug Kraft, um es auszuführen? Rundstedt und Model glauben nicht. Und das ist die Situation. Am Ende werden Sie sehen, wie jedenfalls der Plan ausgeführt wird, auf Antwerpen anzugreifen.

„Ja", antworte ich. "Der stärkste Affe wird die Erdnuss gegessen haben.

„Wiederholen Sie solche Sätze nicht. Und wenn Sie sagen wollen, dass der Führer nicht der Klügste ist ...

Das ist die Situation. Aber ihre Entschlossenheit hängt von stärkeren und fähigeren Schultern ab als meiner. Ob wir in Richtung Antwerpen angreifen, die Ardennen und die belgische Ebene spalten oder uns der Aufnahme der Engländer und Amerikaner im Norden widmen, meine Aufgabe wird dieselbe sein: in meinen «Tiger» zu schlüpfen, meinen Helm aufzusetzen und on Führe die Maschine, um so viele englische "Centurions" wie möglich zu vernichten, ohne mich zu zerstören.

Und das werde ich tun: meine Verpflichtung erfüllen. Ich bin ein Soldat.

7. Dezember.

Haller hatte recht. Hagen ist ein Laich, eine Naturgewalt, ein heiliger Stier, das große Genital! Genügt es nicht den Sorgen eines Krieges, in dem Deutschland alles riskiert, seine Existenz, sondern dass es nach Nebenkomplikationen suchen muss?

Dieter Hagen ist mein bester Kapitän. Und sicherlich der beste Kapitän der Division und wahrscheinlich der beste Panzerkapitän der 5. Armee. Das wird von niemandem bestritten. Das sagen die anderen mit leiser Stimme und er selbst mit sehr lauter Stimme. Da sind wir uns also alle einig.

Aber in anderen Dingen...

Ansonsten ist er ein wahrer Teufel, so unwägbar wie ein Taifun im Pazifik.

Bei Frauen natürlich. Und in vielen Fällen mit Männern.

Wenn das Leben nur aus Schlachten bestünde, würde Hagen kämpfen, er würde jeden Morgen ein Eisernes Kreuz mit Eichenlaub erhalten, und jeder wäre froh, einen Helden an seiner Seite zu haben.

Aber auch im Krieg gibt es Momente des Friedens, der Ruhe, während der nächste Angriff vorbereitet oder der nächste Rückzug organisiert wird. Und in diesen Momenten streckt Hagen dem Satyr das pelzige Ohr heraus.

Und wie es aussieht!

Ich werde nicht sagen, dass alle Röcke gut für ihn sind. Nein überhaupt nicht; das würde ihn beleidigen, ihn ernsthaft verletzen. Nicht; Was passiert, ist, dass er überall den "besten Rock" finden kann. Es wird sinnlos sein, diese Frau am Boden eines Kellers zu begraben, auf der Spitze des blattreichsten Baumes. Hagen wird sie entdecken, mit ihr schlafen und sie so sicher verführen, wie im Osten täglich die Sonne aufgeht und im Westen untergeht.

Wir haben zusammen in Italien, in Frankreich und jetzt hier in unserem eigenen Land gekämpft. Überall hat er dasselbe getan. Und ich weiß, dass er es schon einmal in Griechenland, in Nordafrika getan hat. Wenn er jetzt mit dreißig und nach fünf Jahren Krieg nur noch Hauptmann und kein Oberst ist, dann hat das zwei Ursachen: Zum einen seine langjährige Angewohnheit, Vorgesetzte und Kommandos schlecht zu reden. Die zweite, für Frauen. Ohne diese zwei Facetten seines Charakters wäre es fast sicher, dass er jetzt derjenige wäre, der mir Befehle erteilt, anstatt sie von mir zu erhalten.

Natürlich mag ich Frauen, weil ich ein junger, gesunder und normaler Mann bin. Aber von dort aus findet man sowohl bei einem libyschen Mädchen mit der Farbe von Muskatnuss, als auch bei einer italienischen Matrone mit Mahagonihaaren, bei einer stilisierten Pariserin mit safrangelben Haaren oder bei einer Belgierin mit Porzellanaugen Gründe zur Verführung ..., es gibt viel der Distanz.

Nun, diese Strecke legt Hagen notfalls in zwei Sprüngen zurück. Hätte man ihn nach Rußland geschickt, aus dem er bei vielen Gelegenheiten mit der Klinge eines Rasiermessers befreit worden war, hätte die Kinderzählung in diesem verfluchten Land um einige Einheiten zugenommen.

Aber sein neuestes Kunststück hat die Grenzen überschritten. Ja, es hat sie übertroffen, denn das ist nicht Griechenland oder Libyen, nicht einmal Frankreich oder Italien. Das ist Deutschland, das Vaterland.

Hier gelten noch gute deutsche Gesetze. Warum zum Teufel kann dieser Mann nicht einfach still sitzen und seine Hormone in Ruhe lassen?

Ich werde es in Beziehung setzen. Schließlich habe ich nach der täglichen Besprechung mit dem Brigadekommandanten, nach der routinemäßigen Inspektion der Maschinen, nachdem ich festgestellt habe, dass die Männer kein Stück Disziplin verloren haben, kaum etwas zu tun.

„Ja, ich erzähle es.

Oberst Pieck ist der Erste, der mich verprügelt. Er ist der Chef des Regiments und seine Brust ist mit Orden überfüllt.

"Tagger", sagte er mir. Haben Sie von der neuesten Leistung Ihres Kapitäns gehört?

„Es ist nicht" mein „Captain, Colonel", erwiderte ich respektvoll. „Er ist „einer" der Kapitäne des Regiments.

"Oberst" Pieck, der kaum zwei Jahre älter ist als ich, hat sich aufgesetzt mit "Macht mir keine Unterschiede und bleib bei den nackten Fakten".

„Das will ich erst erfahren, wenn die Anzeige offiziell erfolgt: Hagen hat aber etwas getan, das direkt vor ein Militärgericht führen kann. Was sicherlich dazu führen würde, es sei denn, die Situation reicht nicht aus, um uns einen Kapitän zu berauben.

"Von einem der besten Kapitäne", antworte ich immer mit dem gleichen Respekt.

„Ist schon okay. Von einem der besten Kapitäne, wenn man so will, aber gleichzeitig eines der streitsüchtigsten, kompromittierendsten und ätzendsten Elemente, die in der deutschen Armee vorkommen können.

Ich warte, bis es erklärt wird, wenn Sie wollen. Will anscheinend nicht.

„Warte, wenn du es noch nicht herausgefunden hast, und du wirst sehen, ob du dann eine deiner üblichen Ausreden für ihn findest.

Ich achte sehr darauf, ihm nicht zu sagen, dass er andere Male selbst Ausreden gefunden hat. Wie zum Beispiel in Reims, holte Hagen ihn unter fast absoluter Lebensgefahr aus einem brennenden Auto und trug ihn eine Stunde lang in den Armen, bis er unsere Linien wieder fand.

Und mit ihm im Arm, weil Pieck ohnmächtig war, lieferte er sich mit Pistolenschüssen ein Duell mit französischen Widerstandskämpfern.

Nein, diese Dinge kann man einem Oberst nicht sagen. Er soll sich an sie erinnern.

Es war Gefreiter Behme, der es mir eine halbe Stunde später erklärte. Der Korporal ist normalerweise Hagens Sancho Panza. Er folgt ihm überall hin, gibt ihm Ratschläge, die er selbst schnell ablehnt, und begleitet ihn bei den Abenteuern, bei denen es notwendig ist, vier Hände, vier Füße und zwei Pistolen zu gebrauchen. In seiner Freizeit ist er Ihr Streitwagenschütze.

'Corporal' sage ich zu Behme, der pfeift, während er Hagens 'Tiger' ins Holster steckt. Sie werden mir erklären, in welche neuen Schwierigkeiten der Kapitän geraten ist.

"Wie, Sir Kommandant?" fragt er und macht ein dummes Gesicht.

„Behme, ich will keine Zeit verschwenden. Ich möchte wissen, was der Kapitän getan hat. Und ich möchte "für dich" wissen.

Sein Gesicht ist nach wie vor ein Ausdruck der konzentriertesten Dummheit.

„Ich kann nicht verstehen, was der Kommandant meint.

„Sie werden es verstehen, wenn ich Sie verhafte. Komm, Behme, du weißt, der Kapitän wird von mir nicht erfahren, dass du es mir erzählt hast. Weißt du, nicht wahr?

"Ja, Sir Kommandant", darauf wartet der Schlingel. Zusicherungen, dass Hagen sie nicht mit ihm als Whistleblower rausschmeißt.

"Ich sprach.

„Nun ... es ist gewissermaßen der Bürgermeister.

„In gewisser Weise, Behme?

„Das... ja, Sir Commander. Scheint, wenn.

„Der Bürgermeister von Pronsfield, Behme?

„Ja, Herr Kommandant.

Ich kenne sie. Eine Frau in den Dreißigern, mit butterfarbenem Haar, eine nordische Juno, in die die Natur die außergewöhnliche Laune zweier fast südlicher Augen gelegt hat, dunkel, hell und äußerst einladend. Ich kenne auch den Bürgermeister, einen zwei Meter großen Lümmel mit baumstämmigen Beinen und saurem Charakter.

"Was hat der Kapitän getan, Behme?" frage ich gekühlt.

Er sieht mich mit der stereotypen Unschuld seiner Fuchsschüler an,

"Herr Commander, vielleicht würde Herr Captain Hagen es besser erklären als ich ...

„Sprich, Behme!

"Nun ... Wir können sagen, Kommandant, dass der Bürgermeister Hauptmann Hagen in Begleitung des Bürgermeisters gefunden hat und ...

"Heiliger Gott!

Der Morgen ist eiskalt. Vom Taunus, der das Moseltal überquert, kommt ein kalter Wind auf uns zu, der bald Schnee ankündigt. Aber es ist nicht kalt, dass ich schaudere.

„Was ist passiert, Behme?

Er verhält sich wie ein Schwimmer, der sich kopfüber in eisige Wellen wirft.

"Herr. Kapitän Hagen erschoss Herrn Burgomaster und verprügelte ihn.

Es fällt mir nicht schwer, es zu glauben. Das ist sehr Hagen. Nachdem Sie die Frau verführt haben, schlagen Sie den Mann. In ähnlichen Fällen wird die volle Rente bezogen.

Ich warte nicht länger und wende mich an den Generalstab der Division, wobei ich mir zunutze mache, dass ein "DKW" diese Adresse hatte. Wir haben die Maschinen in einem dichten Kastanien- und Buchenwald versteckt, in Tarnstoffe gehüllt. Wir haben oft die großen Verbände alliierter Bomber und ihre Fotoflugzeuge über uns hinwegfliegen sehen, und sie haben nicht einmal geahnt, dass unter ihnen 150 Panzer angriffsbereit sind, sobald sie den Befehl erhalten.

Der Divisionsgeneralstab ist in Pronsfield, die Armee in Bitburg. Der erste von beiden hat mich interessiert.

Überall herrscht eine außergewöhnliche Aktivität. Wie ich schon sagte, kommen in der Eifel täglich Züge in großer Zahl an, manchmal mehr als hundert. So kann ich mit dem Auge und nach dem, was ich gesehen habe, berechnen, dass sich hier nicht weniger als zwanzig Divisionen konzentrieren müssen. Alles unter der Nase der alliierten

Flugzeuge. Es ist möglich? Als Deutscher bin ich stolz. Überfällig? Ah! Du wirst sehen.

Gerade jetzt spüren wir sein donnerndes Geräusch über den niedrigen Wolken. Vielleicht kehren sie von der Zerstörung einiger Städte unseres Landes zurück, von der abscheulichen Zerstörung Tausender von Kindern, von der Ausrottung von Frauen und alten Menschen. Der Fahrer des "DKW" hebt die Faust in die Luft und flucht ganz bleich.

Im Generalstab der Division, der in einem ehemaligen Adelspalast untergebracht ist, herrscht reges Treiben. Autos, Motorräder mit Soldaten, die Teile von einem Ort zum anderen tragen, füllen die Esplanade vor der Plaza Mayor. Radio und Telegraf summen eindringlich.

In einem ehemaligen Ballsaal eines ehemaligen Marquis oder Barons ist das Nervenzentrum der Operationen installiert. Offiziere studieren die Karten, erhalten die Teile und zeichnen ihre Pläne immer wieder aufs Neue. In gewisser Weise finde ich mich dort ein wenig verloren; aber zum glück habe ich gute freunde. Einer von ihnen ist Oberst von Simmenthal, der bei mir im Gymnasium war, als wir noch in Schleswig waren.

Einen Moment nutzend, in dem er frei zu sein scheint, gehe ich auf ihn zu.

Hallo Tagger. Was ist los? Gibt es Neuigkeiten zu den Maschinen?

"Nichts, Mr. Officer", sage ich respektvoll, da uns viele Offiziere zuhören und Vertrautheit in diesen Fällen nicht angebracht ist.

„Willst du etwas?

»Es geht um Hagen, Colonel.

"Ah, Hagen...

Seine Augen glänzen hinter den luftgetragenen Linsen, einer exakten Kopie der von Aeichführer Himmler getragenen.

„Du bist in Schwierigkeiten geraten, nicht wahr?

„Ich weiß es nicht sehr gut, Colonel.

Er erkennt, dass ich nicht mit anderen sprechen möchte. Er nimmt mich am Arm und führt mich in die Kantine.

„Lass uns einen Kaffee trinken", sagt er.

Wir versenken unsere Schnurrbärte in dieser scheußlichen Mischung aus Eichelsaft und verbranntem Stoff, sparsam gesüßt mit Saccharin.

„Simmenthal", sage ich. „Was haben sie mit Hagen gemacht?

„Aber, lieber Tagger, ich bin ein Oberst des Generalstabs, kein Wachoffizier.

„Was ich sagen möchte, ist, dass Hagen mein Trauzeuge ist und ich nicht bereit bin, auf ihn zu verzichten, falls wir loslegen.

„Na gut, aber was kann ich tun?

Er sieht mich anscheinend verwirrt an. Ich lasse mich von seinem unschuldigen Aussehen nicht täuschen.

„Ich möchte, dass Sie ihn von dort wegholen, wo er ist. Sie haben den Wachoffizier ernannt. Das heißt, Sie sind verhaftet.

"Ja, ich denke schon.

„Nun, ich möchte, dass Sie notfalls mit dem General sprechen und Hagens Verhaftung aufheben lassen.

„Mann, Tagger, meinst du nicht, du verlangst zu viel?
"Nicht.

Ich hoffe, mein Ton klingt kompromisslos genug. Scheint, wenn.

„Ich werde tun, was ich kann. Ich weiß, dass Hagen ist ... Nun gut, ich werde tun, was ich kann.

„Besorg mir einen Passierschein, um es zu sehen.

Sie bringen es mir in kurzer Zeit.

Hagen wurde in einen Raum mit einer gut verschlossenen Tür gebracht. Das heißt, er hat wie immer sein Ehrenwort nicht gegeben, das Gebäude nicht zu verlassen.

Der diensthabende Offizier begleitet mich.

"Sie haben eine Anzeige gegen ihn eingereicht, nicht wahr?" Ich frage. Was für eine Beschwerde?

Seine Augen leuchten wie die von Simmenthal. Es scheint, dass dies die Reaktion ist, die er in allen Abenteuern von Hagen provoziert.

„Aggression gegen die Verwaltungsbehörde.

Sie wollten den Bürgermeister also nicht herausbringen.

Er öffnet die Tür zum Zimmer und lässt mich passieren.

7. Dezember. Später

Hagen sitzt rauchend auf einer Pritsche, die Tunika aufgeknöpft. Er sieht mich an, als er hereinkommt und zwinkert mir zu. Sobald der Wachoffizier geht, spreize ich die Beine und stecke die Daumen in den Gürtel.

„Nun, du Stück Tier, was hast du jetzt gemacht?

„Haben sie es dir nicht gesagt?

"Ich möchte, dass Sie mir sagen ..." Sie. "

Sie können sich nach dem, was ich über Hagen geschrieben habe, vorstellen, dass er kein gewöhnlicher Kerl ist. Es konnte kein Mann sein, der nur einen Blick brauchte, um eine Frau zu verärgern, fünf Sekunden, um den besten Weg zu finden, um einen Panzer mit größerer Tonnage als seinen eigenen anzugreifen und zu zerstören, und zehn Minuten, um ein Panzerregiment von einem Feld zu entfernen. in dem es nicht gut manövrieren kann, um es in einem anderen zu platzieren, wo es mit allen Vorteilen funktionieren kann.

Er ist groß, mit Ankerschultern und schmalen Hüften. Soweit ich weiß, gibt es unter seinen Vorfahren keinen einzigen Südstaatler; aber er hat dunkles haar und braune augen. Seine Hände sind groß und behaart; sein Hals, fest; seine Beine, gerade wie Säulen.

"Kennst du Ana?" Er fragt mich.

"Ja, ich kenne sie. "Ich weiß", sie ist die Frau eines anderen Mannes, und das hättest du auch so denken sollen.

„Halt jetzt die Klappe. Du hast mich gefragt und ich antworte dir. Willst du es hören oder nicht?

„Sprich, verdammt!

"Also das. Wenn Sie sie kennen, was kann ich noch hinzufügen? Ich sagte ihr, sie hätte schöne Augen und sie legte ihre Arme um meinen Hals. In diesem Moment kam ihr Mann.

„Du wirst mir nicht sagen, dass du nachts in seinem Haus warst, nur um ihm zu sagen, dass er schöne Augen hatte.

Er sieht mich spöttisch an und schließt den Mund.

„Nun, was hast du mit diesem armen Mann gemacht?

„Halt ihn davon ab, mir etwas anzutun.

"Was hast du mit ihm gemacht?"

„Ich habe ihn in eine horizontale Position gebracht. Einige Klatscher fügen hinzu, dass ich es getreten habe, aber ich kann mich nicht an dieses Detail erinnern. Es gibt gewisse Lücken in meinem Gedächtnis, Ulrich.

„Wissen Sie, dass es nicht so harmlos ist, einen Bürgermeister zu schlagen, wie einen Liter Wein zu trinken? Wissen Sie?

„Ich habe eine kleine Vorstellung davon.

„Und das kann Sie vor das Militärgericht bringen?

„Das schon...

Er zuckt mit den Schultern.

„Schau", sage ich und nähere mich ihm. Es werden sehr ernste Dinge vorbereitet. Aus diesem Grund sorgen wir dafür, dass Ihnen vorerst nichts passiert, wegen dieser schmutzigen Aufgabe. Ansonsten kann ich Ihnen versichern, dass ich Sie in diesem Raum verrotten lassen würde, bis ein Gericht Sie woanders zuweist.

Er sieht mich seltsam an.

„Und woher wissen Sie, Ulrich, dass ich diese schmutzige Arbeit nicht gemacht habe, um nicht in die schwerwiegenden Ereignisse verwickelt zu werden, von denen Sie sprechen?

Ich spüre, wie das Blut in meinen Adern kalt wird, wenn ich es höre. Kann nicht sein. Es ist unmöglich. Dieter Hagen hätte so etwas nicht tun können. Meine Ohren täuschen mich.

Ich kann kaum stammeln:

„Was zum Teufel machst du...?

Er steht auf und schlägt mir auf die Schulter.

„Komm, komm schon, Ulrich, mach nicht so ein verängstigtes Gesicht. Ich habe keine Entschuldigung gefunden, nicht an die Front zu gehen, wenn dich das erschreckt. Ich wurde nur ein bisschen nachlässig Ich wünsche diesem Tier, dass ich seine Frau tröste... Es war einfach mein schlechter Stern, der ihn hereinbrachte, als Anas Ohr ganz nah an meinem Mund war.

Ich ziehe mich etwas beruhigt zurück. Ich selbst habe mich in den letzten Monaten oft selbst überrascht, als ich dachte, dass ich den Krieg schon satt habe und alles, was ich wollte, irgendwo ruhig ruhen und den Rest meiner Tage verbringen kann ohne ständig planen zu müssen, wie ich einen meiner Mitmenschen am besten vernichten kann. Aber ich habe es geschafft, diese schlechten Gedanken, wie es meine Pflicht ist, zu vertreiben und sie durch die Idee zu ersetzen, dass, wenn wir demoralisiert werden, was aus unserem Land wird? Ich darf solchen defätistischen Gedanken keinen einzigen Augenblick Schutz gewähren.

„Wir werden für Sie tun, was wir können", sage ich ihm. Aber wenn du hier gehst, werde ich dafür sorgen, dass du nicht wieder von meiner Seite gehst, und ich lasse dich keinen Moment aus den Augen.

Ich schlage die Tür zu, während er grinsend dasteht. Dieser verdammte Frauenheld weiß genau, dass wir es brauchen, dass, wenn jeder Mann, der ein Gewehr heben und abdrücken kann, für unser Land notwendig ist, er, der noch viel mehr kann, unerlässlich ist.

Am Palasttor finde ich den Wachoffizier, der mit einer Gruppe von Leuten spricht. Der Bürgermeister ist da, und ihr Mann ist auch da.

Was hat Sie in eine horizontale Position gebracht? Ha! Das Gesicht des Bürgermeisters enthüllt die Spuren der Schläge, die er erlitten hat, vor den meisten geblendeten Augen. Genauso gut hätte er in einer dunklen Nacht über die Ketten eines Panzers stolpern können; solche Spuren haben Hagens Fäuste auf seinem rohen Gesicht hinterlassen.

Und der Bürgermeister? Unter ihrem grauen Stoffmantel, der ihre prächtigen Formen als Frau in der Blüte ihres Lebens nicht verbergen kann, erscheint sie lächelnd, die Augen zusammengekniffen, den roten Mund offen, um zwei Reihen polierter Zähne zu enthüllen.

Ihr Mann spricht mit dem Offizier und wedelt mit den Händen. Zwischen seinen violetten Lippen ist eine Zahnbeule schwarz, die ihm wahrscheinlich weggerissen wurde, als er versuchte, eine Ehre zu verteidigen, an deren Verteidigung er kein Interesse hatte.

Schließlich nimmt die Frau ihren Mann am Arm, sagt leise etwas zu ihm und sie drehen sich um. Es sind bereits viele Soldaten und einige Landsleute versammelt, die das Paar mit ironischem Interesse beobachten.

8. Dezember.

Heute sprach Pfarrer Finstenmeier eine Wahlkampfmesse, um ein sehr prominenter katholischer Feiertag zu sein. Unsere bayerischen und österreichischen Soldaten haben in großer Zahl teilgenommen.

Inzwischen kommen von überall schlechte Nachrichten. Die Russen sind vierzig Kilometer von Budapest entfernt und haben uns heute die Nachricht überbracht, dass die Engländer Ravenna in Italien besetzt haben. Folgen Sie dem Zaun.

Hagen ist nicht zurückgekehrt, und ich konnte nicht nach Pronsfield reisen. Schließlich ist meine Pflicht hier im Tarnlager. Aber ich habe mit "Oberst" Pieck gesprochen, der immer wieder gerne der Überbringer schlechter Nachrichten ist. Er war derjenige, der mir von Budapest erzählt hat.

"Anscheinend will der Bürgermeister Gerechtigkeit um jeden Preis", sagte er mir, als er sich vergewisserte, dass ich die Geschichte kenne. „Und es überrascht mich nicht. Hagen kann sich nicht so verhalten, als wäre er auf erobertem Boden. Das ist nicht Italien.

„Nein, Mr. Colonel", antworte ich respektvoll.

»Wenn wir ihn nicht brauchen ... Mann, ich halte es für kein Verbrechen, mit einer dreißigjährigen Frau zu schlafen; aber Sie müssen Respekt vor dem verspotteten Ehemann haben. Meinst du nicht Tagger?

»In der Tat, Colonel, und ich haben es Captain Hagen mitgeteilt.

„Für den Fall, dass die Angelegenheit verschoben wird, wird Captain Hagen unter Ihrer Aufsicht stehen, Tagger, und Sie sind für Ihre Handlungen verantwortlich. Ich möchte, dass dies gut verstanden wird.

„Ja, Oberst.

Ich muss mit „Ja, Colonel" antworten, aber Sie befehlen mir, die direkte Verantwortung dafür zu übernehmen, dass der Schirokko einer Beduinenkarawane in der Wüste keinen Schaden zufügt. Ich kann

Hagen mit meiner Überwachung drohen, aber kann ich mich dafür verantwortlich machen? Die Last wird schwer.

Nicht, dass ich von der Idee, mit den Panzern vor dem Feind vorzurücken, zu aufgeregt wäre, aber fast, fast, ich wünsche es mir. Zumindest weiß ich, dass Hagen sich während der Aktion selbst beobachtet.

9. Dezember.

Die Amerikaner rücken an der Saarfront vor. Über die Straftat ist noch nichts bekannt. Die Stunden vergehen langsamer denn je.

Ich schreibe in einem der Räume des Hofes, in dem die Brigade das Verbindungsbüro eingerichtet hat. Ein dichter Nebel, kälter als in Grönland, hat sich über die Landschaft gelegt.

Wir trinken Schnaps und Schnaps zum Aufwärmen. Ich habe eine sehr starke Wache, da nachts der Alarm ertönt. Hunderte von alliierten Flugzeugen sind über uns hinweggeflogen. Das Dröhnen seiner Motoren war wie das Schlagen eines riesigen Kontrabasses. Sogar die Erde bebte.

Zum Glück haben sie keine Ahnung, dass wir hier sind. Andernfalls...

Hagen? Er bleibt im Generalstab der Division. Ich habe von Ihnen durch Gefreiter Behme gehört. Angenommen, der verdammte Korporal würde es irgendwie schaffen, seinen Kapitän zu sehen, habe ich ihm Zigaretten und Schnaps mitgebracht. Als er zurückkehrt, sagt mir der Korporal, dass es dem Kapitän gut gehe und er beide sofort geehrt habe.

„Offenbar", fährt er fort, „hat Bürgermeister Wald gesagt, er würde die Anschuldigung zurückziehen, wenn sich der Kapitän persönlich bei ihm entschuldigt.

Dabei sah mich der Korporal nicht an. Das Schweben eines königlichen Finken schien ihn sehr zu interessieren.

„Was meinst du? Wer hat dir diese Nachricht gegeben, Behme?

"Nun ... niemand, insbesondere, Sir Commander. Ich habe es irgendwo gehört.

„Wo? Zu wem?

„Dort drüben, Sir Kommandant. Ich halte mich für unfähig, mich daran zu erinnern, wohin oder zu wem.

Es würde mich nicht wundern, wenn dieser Bergante in die Sache gemischt worden wäre. Auf Befehl seines Kapitäns ist er dazu durchaus in der Lage.

10. Dezember.

Eine kurze Pause nutzend, während der meine Anwesenheit anscheinend nicht nötig war, bin ich nach Pronsfield gefahren, fünf Kilometer von unserem Lagerplatz entfernt.

Ich habe von einem meiner vielen ausgezeichneten Freunde erfahren, dass die Anklageschrift tatsächlich fallengelassen werden könnte. In diesem Fall war es ein Kommandant, der mit mir in Paris im selben Krankenhaus war, der es mir erzählte. Er ist der Sekretär des Militärrichters Oberst Weiberg, also müssen Sie es gut wissen.

„Ich werde Ihnen im Vertrauen sagen, dass Bürgermeister Wald verängstigt aussieht. Können Sie das glauben?

"Ich glaube schon.

„Es ist nicht so, dass Oberst Weiberg begierig darauf ist, einen Prozess gegen Hagen durchzuführen; Aber wenn Sie unter Druck stehen, müssen Sie es tun. Wir haben mit dem Bürgermeister und seiner Frau gesprochen ... Übrigens, Tagger, ist dir was für eine Frau aufgefallen?

"Ja. Aber zurück nach Hagen ...

Welche Augen, welche Beine und was ...; Aber, verdammt, wenn Sie sie gesehen haben, brauche ich mich nicht zu entschuldigen. Ich versichere Ihnen, dass es mir nichts ausgemacht hätte, dass auch ich eine kleine Eroberung von ihr allein unternommen hätte. Aber die Dinge scheinen nicht gut für ein Liebesdelikt zu sein.

"Zurück nach Hagen ...", wiederhole ich geduldig.

"Nun, es scheint ... und beachten Sie, dass ich anscheinend sage, 'Herr' Wald hat einige Hinweise bekommen, was mit ihm passieren könnte, wenn der Prozess fortgesetzt wird, und er scheint begierig darauf zu sein, die Angelegenheit beizulegen. Solange Hagen Entschuldigungen vorbringt ... ihm.

"In der Öffentlichkeit?" fragte er entsetzt. Ich weiß, dass Hagen das nicht tun wird, selbst wenn sein Hals mit einem Hanfseil verbunden ist.

"Mann nein. Gee, die Sache ist nicht so schlimm. Ich meine aus der Sicht eines Mannes wie Wald, kaum mehr als ein Bauer. "Herr" Wald wird sich damit begnügen, seinen Verwaltungen mitzuteilen, dass sich ein Offizier auch wenn sie es nicht gesehen haben. "Herr" Wald ist ein Patriot auf seine Art. Er erkennt, dass wir im Krieg sind und Offiziere einige Privilegien haben müssen.

„Vielleicht könnte man das machen", sage ich nachdenklich.

„Nun, dann würde alles klappen. Aber ich würde gerne wissen, wer Wald so erschreckt hat. Vielleicht seine Frau. Ich habe festgestellt, dass es sehr fähig ist, es zu tun.

Ich denke an Corporal Behme und seine Hingabe an Hagen, aber ich halte es nicht für meine Pflicht, ihn zu informieren. Schließlich ist er der Schreiber des Untersuchungsrichters, nicht ich.

Ich bitte um Hagen, aber sie sagen mir, das kann nicht sein.

11. Dezember.

Nichts Besonderes, außer dass wir, während die Truppen weiter in der Eifel ankommen, übereinander klettern müssen. Heute habe ich zwei Züge mit Soldaten von der russischen Front gesehen. Unter dem brutalen Druck der sowjetischen "Verdammter" an allen Fronten muss es schlecht gehen, damit sie Truppen von dort entfernen können. Sie kommen mit der zerrissenen Kleidung, den halluzinierten Augen und dem Schrecken in den Pupillen. Ich habe mit einem der Beamten eine Zigarette geraucht, aber sie schweigen wie tot. Sie wollen "das" nicht erwähnen.

12. Dezember.

Die Russen rücken nordöstlich von Budapest vor. Wie schlecht alles läuft! Tausende Flugzeuge der Alliierten haben die Heimat bombardiert. Ich kann mir vorstellen, dass meine alte Mutter dort drüben im Schleswig einigermaßen sicher sein wird. Es gibt nichts, was diese Bestien in Versuchung führen könnte, die eine Militärwerft sowie eine Schule bombardieren. Seit einiger Zeit, fast dreißig Tage, habe ich keinen Brief mehr von ihm erhalten. Das Radio erwähnt die Bombenanschläge mit großer Umsicht. Er will natürlich nicht, dass wir demoralisiert werden.

Ach, es gibt Neuigkeiten. Wir haben Hagen wieder hier bei uns. Er kam heute Morgen, rechtzeitig, um mir eine halbe Flasche Brandy zu schicken, die ich für einen besseren Anlass aufgehoben hatte. Er hat sich so verhalten, als wäre nichts passiert. Offiziere haben ihn umzingelt und Fragen gestellt; aber er hat sie mit einem zeitgemäßen Witz aus dem Weg geräumt. Als wir allein waren, habe ich ihn gefragt, wann sie ihn freigelassen haben und er sagt mir, dass es letzte Nacht war.

"Wo warst du bis jetzt?" Ich fragte ihn.

„Das konnte man sich nie vorstellen. Bei Bürgermeister Wald eine Flasche Rheinwein trinken mit ihm und "Frau" Bürgermeisterin. Ich ging, um Ausreden zu finden, und ich blieb bereits zum Abendessen.

Wie er mir erzählt, sehen mich seine braunen Augen sarkastisch an. Mich täuschen? Nein, dieser Teufel täuscht mich nicht. Er hat tatsächlich, Gott lebt.

Und wenn sich der Bürgermeister nicht diskret zurückgezogen hat, damit er und seine Frau sich liebevoll verabschieden können ... Es gibt Dinge, die man nicht versteht und die ich nie verstehen werde, denn in Wahrheit sind alle meine Gedanken über Hagen leicht gefärbt der Neid.

Es gibt Männer, die, .., die in einem anderen Jahrhundert hätten geboren werden sollen, zum Beispiel im sechzehnten, und er ist einer von ihnen. Der Umhang des "condottiero" hätte ihm gepasst, und das Recht auf Leben und Tod über alle Frauen, die er mit seinem Schwert besiegen konnte.

Aber ... brauchte Hagen all diese Dinge wirklich? Bekommen Sie nicht alles, was Sie wollen ... jetzt, im zwanzigsten Jahrhundert?

Bei der Verteilung der Gaben ist die Natur bei manchen Menschen übermäßig großzügig und bei anderen sehr geizig. Hagen ist einer der ersten. Ich, der zweite. Kannst du das Schicksal bekämpfen?

13. Dezember,

Der Tanz beginnt von einem Moment auf den anderen.

Ich rieche es. Ich bin ein Veteran und ich denke, diese Dinge. Und wie ich alle Offiziere. Die Beratungen zwischen den Kommandeuren des Regiments und denen der Brigade, denen der Brigade mit denen der Division ... Und die zusätzlichen Rationen, die die Truppen erhalten und die "fast" essbar sind ... Und die Munitionszüge und die riesigen Öltanker, die wir zehn Kilometer nördlich getarnt gesehen haben ...

Alles, kurz gesagt, ist wie ein Mosaik, das ein guter Soldat, der in vielen Schlachten abgehärtet ist, mit aller Richtigkeit zu interpretieren weiß. Wir gehen ins Feuer.

Wann? Wenn sie mir die Frage stellen würden, würde ich sagen, vielleicht morgen ... Nein, nicht morgen. Übermorgen.

Wir bleiben die ganze Zeit neben den Autos oder ganz in ihrer Nähe. Genehmigungen sind abgelaufen.

Heute gab es eine Verteilung von Cognac. Die Kälte ist extrem intensiv und es wird sicher von einem Moment auf den anderen schneien.

Richtung des Vergehens?

Ich habe mit einem Artillerie-Beobachtungskapitän gesprochen. Er erzählte mir, dass zwischen Koblenz und Bonn eine andere Panzerarmee Stellung bezogen habe. Sie sind SS

Ich habe "Oberst" Pieck gesucht, und als er mich hört, runzelt er die Stirn.

„Eine SS-Panzer-Armee? Es kann nur der sechste sein. Es ist eine neue Formation. Sie mögen gute Leute sein, aber ich bezweifle, dass sie die notwendige Erfahrung haben.

Haller, der Assistent von Von Manteuffel, ist so beschäftigt, dass er ein paar Minuten für mich braucht.

"Wenn es der 6."Panzer" ist. Tagger, greifen wir in Richtung der Ardennen an.

„Wer befehligt diese Armee?

„General Dietrich. "Sepp" Dietrich.

Ich habe von ihm als einem guten Militär gehört, aber ein Hauptmann ignoriert viele Dinge.

„Der Führer ist also davongekommen.

„Ich denke schon. Wie könnte es anders sein? Rundstedt hat zu Tode geschrien, sich geweigert, es zu leiten, und Model hat schließlich das Kommando über die Operation übernommen.

Und was sagt der General?

Für uns ist und bleibt "der General" der Kommandant des fünften "Panzers": der "Generalleutnant" von Manteuffel.

Er war auch nicht einverstanden. Er ging mit Model, um zu sehen ... "er senkte die Stimme und schaut sich um, falls uns jemand hört", um Generaloberst Jodl zu sehen. Alles war nutzlos. Es wird von den Ardennen angegriffen. Womit, seien Sie vorbereitet.

„Das werde ich, zögere nicht.

Wie hätte er das herausfinden können? Als ich in unserer Unterkunft ankomme, treffe ich Hagen. Er beugt sich über eine Karte und misst sorgfältig Entfernungen ab. Ich lehne mich über seine Schulter und sehe, was er tut: Es ist die Karte der Ardennen, dieses hügeligen Waldgebietes zwischen Belgien und Luxemburg, in dem wir uns wahrscheinlich in ein paar Stunden wiederfinden.

"Was tust du?" Ich fragte ihn.

„Vorherige Anerkennung, lieber Ulrich.

„Warum gerade auf diesem Terrain?

„Weil wir dort versuchen werden, die Mestizen und die Engländer zu vertreiben.

"Woher weißt du das?

„Vorahnung, Ulrich. Und du weißt es auch. Wir sind ein paar weise alte Hunde; Warum täuschen wir uns also?

Ihr Zeigefinger ist fest auf einen Namen auf dem Klavier gepflanzt.

„Schauen Sie sich die Kreuzung dort an, fast vor uns. Wir werden dort hin gehen.

Leo: Bastogne. Nun, es ist eine Straßenkreuzung. Es ist gut möglich, dass er recht hat. Noch ein Punkt auf der Karte. Eine weitere Stadt zu besetzen.

»So oder so ... Machen wir uns fertig.

Seine Augen schauen mich seltsam an:

„Ja", bestätige ich und nicke.

14. Dezember.

Aussetzung aller Genehmigungen, "absolut" alle. Der General hat die Streitwagen persönlich inspiziert. Umgeben von seinem Stab ist er vor uns gekreuzt, den Kopf erhoben, die Augen fest.

Mehr Schnaps und Schnaps für die Truppen. Doppelte Portion Fleisch, Butter und Kartoffeln.

Wir sind alle nervös, angespannt. Heute Nacht haben englische Flugzeuge Köln bombardiert. Könnte es sein, dass sie unsere Anwesenheit nicht bemerkt haben? Sie müssen es ihm gegeben haben. Von Luxemburg aus drücken die Amerikaner fest. Seine Dritte Armee, die von einem Clown kommandiert wird, der Offiziere dazu bringt, ihre Insignien auf Stahlhelmen zu tragen, drängt heftig. Habe ich "Clown" geschrieben? Ist es nicht, seien wir fair. Es geht um den Mann, der wenige Tage nach der Invasion Großbritannien in zwei Teile brach. Es heißt Petton oder Patton. Sie haben es mir nur gesagt.

Es ist die Rede davon, die deutschen Städte aus diesem Gebiet zu evakuieren, für den Fall, dass es nicht gut läuft; aber warum sollten sie schief gehen? Wir müssen alle Vertrauen haben. Volles Vertrauen. Wir haben Recht und Recht, wir haben noch die Kraft ... wir haben sie noch, Gott lebt, und wir werden sie ins Meer werfen. Das hat der Führer gesagt. Vertrauen! Sie müssen selbstbewusst sein.

„Also... warum habe ich wirklich Angst? Die Nerven?

Es schneit heftig.

15. Dezember. Nacht.

Wir greifen an! «Deutschland, über alles! Gott mit uns!

17. Dezember. Nacht.

Das ist fantastisch! Kolossal! Ich schreibe schnell, meine Handschrift wird kaum noch lesbar sein, aber wenn ich es jetzt nicht täte, könnte ich es nirgendwo anders machen.

Wir haben zwei Nächte fast ohne Schlaf verbracht, aber ich wollte nicht mehr Zeit verstreichen lassen, bevor ich diese Notizen schreibe, sogar aus dem Schlaf, den ich wie alle anderen so gut verdient habe.

Das ist keine Offensive, das ist eine Lawine! Wir haben die Amerikaner durchbohrt wie eine Nadel eine helle Kiefer durchbohrt. Mit dreißig Meilen pro Stunde sind wir vorgerückt und haben alles auf unserem Weg zerstört!

Du musstest diesen Mischlingen beim Laufen zusehen! Wie Kaninchen entkamen sie vor uns. Wir haben kaum Zeit zum Essen gehabt. Vorwärts immer vorwärts! Wenn das so weitergeht, stehen wir in wenigen Stunden vor der Maas, überqueren sie und fließen durch die flämische Ebene zum Meer, nach Antwerpen. Was für ein großartiger General ist der Führer! Was für ein Genie! Napoleon, Alexander, Hannibal! Was bist du an seiner Seite? Staub! Weniger als Staub!

Die deutsche 5. "Panzer"-Armee, der die nachfolgenden Generationen ausgesetzt sein werden, hat die amerikanische Verteidigung in zwei Teile gespalten.

Ich werde natürlich den Teil erzählen, der mir passiert ist. Was bedeuten ein oder zwei Stunden Schlaf, wenn wir Deutschlands Speichelfluss im Blick haben? Ich schreibe fieberhaft, immer noch benommen vor Enthusiasmus und vergeude deutschen Eifer.

Wir greifen im Morgengrauen an. Unsere Division begann mit den "Tigers" an der Spitze und den "Panthers" dahinter. Das erste Hindernis, das sich uns bot, waren die Wälder im Norden Luxemburgs und der Schnee, der stetig fiel. Da die Straßen und Autobahnen bereits bedeckt waren, fuhren sie sofort damit fort, die Autos weiß zu streichen, um sie weniger sichtbar zu machen.

Von meinem Visier aus konnte ich die Straßenränder erkennen, die von verschneiten Wäldern gesäumt waren. Vor mir waren zwei Waggons unterwegs, auf einer Überwachungsmission, aber wir brauchten sie nicht, bis wir Clervaux ganz nahe waren.

Dort trafen wir auf die ersten amerikanischen Außenposten, Kampfgruppen, die sich fast ohne Schuss auflösten. Wir verließen die Aufgabe, die Kleinkinder, die hinter uns kamen, auf ihren Lastwagen zu beseitigen.

Wir betraten Clervaux und überwältigten alles auf unserem Weg. Die Straße, die Straßen waren eng, und um den Marsch nicht zu unterbrechen, mussten wir Häuser abreißen, Hindernisse ebnen.

Am Stadtrand von Clervaux hatte eine Gruppe amerikanischer Ingenieure einige Panzerabwehrvorrichtungen aufgestellt. Das bedeutet, dass sie von unseren Plänen nicht so unwissend waren, wie wir dachten. Ihre Arbeit war jedoch zu leichtfertig gemacht worden. Wir brachen die Klippen ab und in diesem Moment fuhr das Auto vor mir in eine Mine.

Es wurde in einen Haufen Schrott verwandelt, sein Bauch platzte auf und sein Boss baumelte unheimlich wie eine zerrissene Puppe vom Turm.

Ich eröffnete das Feuer auf ein Fahrzeug, einen Truppentransporter "Chevrolet", der kopfüber in das Halbdunkel einer grauweißen Morgendämmerung flüchtete, und ich hatte die große Befriedigung, ihn in die Luft sprengen zu sehen.

Ich sagte dem Fahrer, er solle langsamer fahren. Dies war ein mit Minen übersätes Feld, und ich sah bald, dass er weise gewesen war. Ein "Panther", dessen Nummer ich nicht erkennen konnte, wich heftig, als er über einen stolperte, und sein Ölvorrat explodierte.

Jetzt hatten wir Licht. Die Fackeln beleuchteten die Straße und das Feld perfekt, und ich sah, wie unsere Wagen sich ausbreiteten, um das Minenfeld zu umgehen und durch den Wald zu dringen.

Meine Position war fast in der Mitte der Kolonne. Ich legte meine Haut in die Hände des Allmächtigen Gottes und befahl vorzurücken.

Gott war bei mir! Wenn noch mehr auf der Straße waren, leitete Er meine Schritte, um nicht darüber zu stolpern. Ich konnte passieren und stürmte heftig gegen ein Gebäude, von dem aus wir mit Panzerfäusten und Panzerabwehrfeuer beschossen wurden.

Die Stimme von Oberst Pieck hallte in meinen Ohren wider.

„Zerstöre das, Tagger! Zerstöre diese Panzerabwehr!

Ich wusste genau, wie es geht.

Keine vierzig Meter entfernt, in der immer weißer werdenden Morgendämmerung, begann ich zu schießen. Mein Kanonier, ein sächsischer Junge von bewundernswert kaltem Blut, zielte und schickte eine zerschmetternde Kugel ins Haus. Sofort, der zweite und der dritte. Sie alle haben ins Schwarze getroffen. Beim ersten flog das Dach durch die Luft, beim zweiten öffnete sich ein riesiges Maul in der Fassade und schließlich explodierte das dritte im Keller des Gebäudes, wahrscheinlich im Keller, weil alles wie ein Vulkan explodierte.

Ich sah die khakifarbenen Uniformen der amerikanischen Soldaten, die das Feld betraten.

Und wir machen weiter.

Um zehn Uhr morgens drangen wir weiter tief in die magere amerikanische Verteidigung vor. Dann kam Piecks Befehl zu mir.

„Tagger, du musst nach Süden abbiegen. Alle Autos nach Süden.

Was war das? Wurde das Ziel geändert?

Aber als wir Piecks Auto und seine Fahrtrichtung sahen, erkannten wir, dass dies eine leichte Abweichung von Seiten der Division war, während der Rest vorwärts ging.

Ich kann nicht mehr schreiben. Ich schlafe ein. Ich muss es für ein anderes Mal aufheben.

18. Dezember.

Dies, mehr als ein Kampf, scheint ein Massaker zu sein. Ich nehme mir einen Moment Zeit, als wir angehalten haben, um Vorräte zu besorgen, und ich werde versuchen, meine Eindrücke zu erzählen, seit er mich gestern unterbrechen musste.

Aber vor allem, was für ein Schauspiel der vernichteten amerikanischen Bataillone, gefangen genommen, aufgespießt von den Bajonetten unserer tapferen Schützen, die manchmal nur aus ihren Lastwagen steigen müssen, um die Feinde aufzunehmen, die sich zu Hunderten ergeben! Eine solche Show erfüllt mit Freude ein deutsches Herz, das so viele Tage von Zweifeln und Angst um die Zukunft seiner Heimat gedrängt war.

Sie können uns nicht schlagen! Wir schlagen sie in jeder Zeile, Deutschland ist gerettet!

Ja, das tue ich, trotz der schiefen Blicke, die Hagen mir zuwarf, als ich es ihm sagte. Also habe ich dich vor knapp einer halben Stunde wissen lassen.

Die getarnten Tanklaster sind soeben eingetroffen, um uns mit Treibstoff zu versorgen. Der Himmel, der Gott sei Dank mit Wolken bedeckt ist, lässt amerikanische Flugzeuge nicht viel Schaden zu, auch wenn wir manchmal Informationen und Fotoapparate über unseren Köpfen schweben hören, wie desorientierte Schmetterlinge.

Nach meinen Nachrichten rückt im Norden auch die 6. Armee SS "Panzer" mit Wut und Entschlossenheit vor, um die Engländer und die Amerikaner zu spalten.

Wenn wir die beiden Armeen trennen, werden die Verbündeten ihren stolzen Hintern wenden und sich ins Meer stürzen, um sich zu retten. Frankreich wird wieder vor unseren Augen stehen und Deutschland wird gerettet.

Was hat Kapitän Hagen dem entgegenzusetzen?

Vor seinem Auto stehend, den Helm in der Hand, den Hals in den Seidenschal gewickelt, raucht er eifrig. Er bietet mir eine Zigarette an, während wir mit dem Tanken an der Reihe sind, und wir warten, bis Pieck uns unsere Befehle gibt.

Um uns herum erstrecken sich die Wälder der Ardennen. Ein trostloser Ort in diesem harten Winter. Niedrige Hügel bedeckt mit Bäumen, Holzkohleöfen ...

Es hat aufgehört zu schneien.

"Ich glaube, Sie sind zu beeindrucken, lieber Ulrich", sagt mir Hagen.

„Aber siehst du nicht, dass hinter diesen verfluchten Wäldern die Maas liegt und hinter der Ebene die glatte Ebene, die uns direkt zum Meer führt?

„Ich sehe all das und noch viel mehr. Ich sehe, dass jeder Panzer, den sie uns zerstören, nicht ersetzt werden kann und dass stattdessen für jeden Panzer, den sie verlieren, drei aus Frankreich in Betrieb genommen werden. Das sehe ich.

Eine der geschmacklosesten Eigenschaften von Hagen ist, dass er nicht einmal seine Stimme senkt, um diese demoralisierenden Urteile zu fällen. Wenn jemand mich hören würde, ohne heftig zu protestieren, könnte er glauben, dass ich an Ihren Ideen teilnehme.

„Captain Hagen, ich verbiete Ihnen, sich so auszudrücken!

"Auf Bestellung, Mr. Senior Tagger", antwortet er mit einem krächzenden Spott.

Ich sollte ihn energischer tadeln, aber dann bemerke ich, dass sein Kanonier drei kleine amerikanische Flaggen an die Flanke seines "Tigers" malt.

"Drei?" Ich frage.

„Natürlich", antwortet er mit unverschämtem Stolz. „Das war das Mindeste, was er in zwei Kampftagen tun konnte, oder?

Drei Panzer zerstört. Und ich weiß, dass Hagen nicht lügt. Wenn Ihr Schütze eine abgestürzte und vergitterte Flagge zieht, liegt das ohne Zweifel daran, dass er einen amerikanischen Panzer abgeschossen hat.

Ich bin nicht neidisch, aber ich wünschte, diese drei kleinen Fähnchen wären meine.

„Ich gratuliere dir", sage ich.

"Vielen Dank.

Einen Moment lang rauchten wir schweigend. Eine Gruppe amerikanischer Gefangener geht an uns vorbei, angeführt von unseren Infanteristen. In der Ferne hört man das tiefe Pulsieren der 88, vermischt mit dem hohen Gebell der Panzerkanonen.

Sie kommen ohne uns voran, aber wir werden sie einholen, sobald wir tanken. Wir werden nicht zu spät sein, das versichere ich Ihnen!

Die amerikanischen Gefangenen sehen in Kolonne mit ihren langen Khaki-Umhängen, ihren Stahlhelmen und ihren Strickmützen robust und wohlgenährt aus, aber ihre Augen verraten eine jämmerliche Angst. Das sind keineswegs die Helden der legendären Far-West- und Abenteuerfilme, mit denen uns das Vorkriegs-Hollywood durchlöchert hat. Vielmehr sehen sie aus wie der Müll aus den Industrievierteln von Chicago und New York.

„Es ist möglich", sinniert er und wirft die Zigarette weg. Auf jeden unserer armen Burschen, die jetzt zum ersten Mal zum Gewehr greifen, oder unsere müden russischen Grenadiere, kommen fünf davon.

„Kapitän Hagen!

"Herr. Kommandant Tagger!

Es gibt wirklich keinen Grund, einen Streit zu organisieren, der zu nichts führen würde. Und Hagen scheint zum Streit bereit zu sein. Anscheinend reicht ihm eine Stunde Untätigkeit, um wieder zum undisziplinierten Eigenbrötler zu werden.

Oberst Pieck ruft uns an. Ich muss diese Seiten fertigstellen.

19. Dezember.

Nicht umsonst, denn ich habe nichts anderes getan, als meine Pflicht zu erfüllen, aber mit berechtigtem Stolz führe ich diese Linien mit meinem neuen Abschluss an. Die Bestellung ist soeben bei mir angekommen und ich habe sie aus den Lippen von "Oberst" Pieck erhalten. Ich wurde befördert.

Hagen auch. Jetzt ist er älter. Ich habe ihm gratuliert und er hat mir etwas geantwortet, die geflochtene Schulterklappe oben auf das Kreuz zu legen, wenn sie es aufheben. Natürlich wollte ich nicht auf dich hören.

Aber kommen wir zurück zu unserer Geschichte.

Oberst Pieck hat uns die Befehle erteilt. Anscheinend, wenn auch natürlich vorübergehend, befinden wir uns in Untersuchungshaft. Ignorieren Sie, wie der Himmel, der vollständig mit Wolken bedeckt ist, kaum einen Flug zulässt; eine Division amerikanischer Fallschirmjäger hat es geschafft, uns direkt in unsere vorderste Angriffslinie in den Weg zu stellen.

Sie klären es für mich. Sie haben sie auf dem Landweg mitgenommen. Das beruhigt mich. Die Zeit ist also immer noch unser Verbündeter.

Tatsache ist, dass sie, wie gesagt, unseren Frontalangriff blockiert haben. Die Fallschirmjäger sind in einer Stadt, deren Name wie eine Glocke in mir erklingt. Bastogne. Ich scheine mich noch an Hagens langen, starken Index zu erinnern, der auf der Karte darauf zeigt.

Und dort verteidigen sie sich wie in die Enge getriebene Ratten. Natürlich gab General von Manteuffel sofort den Befehl, die Stadt und die darin befindlichen Fallschirmjäger seitlich einzukreisen.

Unsere Mission, hat uns Oberst Pieck mitgeteilt, geht weiter: die Maas mit allen uns zur Verfügung stehenden Mitteln zu erreichen. Und wer zweifelt daran, dass wir sie erfüllen? Zwei unserer Divisionen setzen ihren Vormarsch fort, wenn auch anscheinend etwas langsamer.

Ich glaube, wir sind auf der Mission, dieses Hindernis zu zerstören, das Bastogne darstellt.

Unmittelbar nach der Besprechung mit dem Oberst, an der alle Offiziere der Brigade teilnehmen, bin ich zu meinem lieben "Tigre" zurückgekehrt, in dem ich noch kein Fähnchen malen konnte, was ich aber tun werde, wenn die Gottes Hilfe ist für mich immer noch günstig.

Hagen traf mich erst nach einer Stunde, was mich überraschte. Aber im Moment habe ich keine Zeit, etwas zu erzählen. Sie befehlen uns, vorwärts zu gehen, und wir müssen. Also mach weiter, und möge der Sieg uns mit seinen Flügeln bedecken.

19. Dezember. Nacht.

Gott sei Dank habe ich jetzt etwas Zeit. Ich werde es verwenden, um in diesem Tagebuch, das mich so wertvoll gemacht hat, die neuesten Ereignisse weiter zu transkribieren.

Welche waren reichlich vorhanden.

Bastogne ist trotz unserer Prognosen nicht gefallen. Aber gehen wir in Teilen vor. Ich muss meine Gedanken und meine Erinnerungen ordnen. Denn im Gefecht sieht der Soldat kaum mehr, als er vor der Nase hat. Dann erlaubt ihm eine zufällig aufgenommene Information hier, ein Klatsch dort, das allgemeine Bild der Operationen zu rekonstruieren.

Zunächst wiederhole ich: Bastogne ist nicht gefallen.

Wir haben uns mit aller Kraft darauf geworfen und umzingelt. Ja, in der Tat. Die Stadt ist von einem Stahlkreis umgeben, der sich unaufhaltsam verengt.

Durch die Felder, die es umgeben, durch die verschneiten Wälder kämpfen unsere Panzertruppen und unsere tapferen Grenadiere gegen einen Feind, den wir für schwächer hielten, der sich aber wütend widersetzt, vielleicht mit dem Mut, den die Verzweiflung verleiht.

Bastogne liegt an einer Straßenkreuzung. Es ist ein Schlüsselplatz, daran besteht kein Zweifel, und mehr zu dieser Zeit: Wenn der Sechste "Panzer" und ein Teil des Fünften ungestüm vorwärts marschieren, gefolgt von Infanteriedivisionen, von Artillerie, von Impedimenta, flankiert von Zerstörungsingenieuren , Pioniere, Bergleute und von einem etwas sparsamen Quartiermeister versorgt, müssen wir der Wahrheit zuliebe zugeben. Und mehr, weil wir uns wetterbedingt nicht bombardieren können „zum Glück! „Sie haben unsere Versorgungsleitungen bombardiert.

Ich musste der Schlacht an einem der größten Reibungspunkte beiwohnen: ungefähr drei Kilometer von der Stadt entfernt, fast direkt an der Grenze zu Luxemburg, wie ich auf der Karte gesehen habe,

zwischen den beiden Straßen, die von Osten auf die Stadt zulaufen .
Ein großer Wald aus dichten Bäumen, zwischen dem die Amerikaner,
unterstützt von Panzerabwehr-, Panzerfäusten- und Mörsergranaten,
Zuflucht gesucht haben.

Für einen Moment hatte es aufgehört zu schneien. Die Flocken
hatten sich in Wassertropfen verwandelt, und dies ließ uns glauben,
dass dies von Vorteil sein würde. Dies war leider nicht der Fall. Das
Wasser ist sofort gefroren, weil die Temperatur sehr niedrig ist, und die
Ketten der Tanks bleiben, als würden wir auf Glas rollen.

Mein Panzer ist mehrmals zusammengebrochen und hat unsere
Kanone auf unsere eigenen Truppen gerichtet. Pieck gab sofort den
Befehl, die Straße, von der wir mit Maschinengewehren beschossen
wurden, in den Wald zu verlassen, dessen jüngste Bäume wir entwurzelt
hatten. Zum Glück gibt es gangbare Wege und durch diese sind wir wie
Wasser durch einen Schwamm eingedrungen.

Ich musste ein Nest von Bazooka-Schützen zerstören, diese
gefährliche britische Erfindung, die wir selbst hätten erfinden sollen.
Der Schlag eines dieser Torpedos, deren Propeller zwei Namen trägt, ist
wirklich schockierend, ich habe gesehen, wie sich bei seinem Aufprall
ein "Panther" in zwei Teile spaltete, ausgeweidet wie ein Wurm, den ein
Schuh in seinem Weg gefunden hat.

Ich feuerte zwei Salven auf ihn ab, sobald ich ihn gefunden hatte,
und beobachtete mit Befriedigung, wie seine Diener wie
Lumpenvogelscheuchen durch die Luft flogen.

Hinter mir kommen zu Fuß zwei Kompanien Infanterie, die sich
mit meinem Hintern und meinen Flanken schützen. Ein Blick in ihre
Gesichter ließ mich denken, dass dieser verdammte Affe Hagen
vielleicht nicht mehr weit war.

Viele von ihnen sind alt genug, um an vorderster Front zu kämpfen,
und andere sind junge Leute, die sprunghaft vorrücken, wilde Augen,
angespannte Körper, die leider Unfälle am Boden verpassen, die dazu
dienen würden, eine komplette Truppe zu beherbergen, und

stattdessen . sie benutzen Unterstände, in denen sie von Scharfschützen ausgelöscht werden.

Aber ich darf mich von diesen Eindrücken nicht entmutigen lassen. Wenn sich das Oberkommando entschieden hat, ältere und jüngere Reservisten einzustellen, muss es dafür gewichtige und begründete Gründe gehabt haben. Daran kann kein Zweifel sein.

Etwas weiter, und immer im Laufe dieses schrecklichen Nachmittags, habe ich mich einer noch größeren Gefahr stellen müssen.

Geschützt von einer dichten alten Baumgruppe mit dicken, frostharten Stämmen haben die Amerikaner diverse Mörser gelegt und ... noch etwas viel Schlimmeres.

Die ersten Sterblichen alarmieren die Infanteristen, die hinter mir hergehen, und sie setzen sich auf Befehl ihrer Offiziere schnell in Guerillas ein. Ich nehme das Radio.

„Ich habe die Stufe fünfhundertzwei vor mir, Colonel", sage ich.

Ich höre sofort Piecks Stimme. Dieser ausgezeichnete Regimentskommandeur scheint hundert Münder und hundert Ohren zu haben, um all die Stimmen zu hören, mit denen wir ihn ständig durchlöchern. Er kümmert sich um alle und gibt allen die genaue und rechtzeitige Anordnung.

„Das ist dein Ziel, Tagger.

„Ja, Oberst. Ich werde ihn angreifen.

"Was ist los, Tagger?"

Er hat erkannt, dass ich ihm nicht die Mühe machen würde, ihm mitzuteilen, dass ich das ihm zugewiesene Ziel erfüllen werde und dessen Mission mir vollkommen auferlegt wurde.

"Flugabwehr, Sir Colonel"

„Zerstöre sie, Tagger. Brauchst du Hilfe?

„Ich glaube nicht, Sir Colonel

„Wie viele Autos haben Sie derzeit dort?

„Fünf, Sir Colonel. Aber ich konnte Hagen nicht erreichen. Ich weiß nicht, ob sie es zerstört haben.

»Sie haben es nicht zerstört, Tagger. Ich schicke es dir gleich. Ich habe es woanders gebraucht.

Also ist er jetzt nicht mehr "mein Kapitän"? Jetzt ist er wieder der Unersetzliche, der Mann, den er mir stiehlt, um ihn zu benutzen, wenn er es für richtig hält. Ich bin gerade dabei zu lächeln, als mir das Panzerradio die bekannte Stimme bringt:

„Ich gehe dorthin, Tagger. Wert.

Verdammter Affe. Wert? Sie werden es brauchen, wenn Sie es in die Hand nehmen. Er ist mein Untergebener, oder? Ich habe das Recht, eine Mission anzuordnen, ohne dass dies einen Hilferuf meinerseits darstellt.

Die vier Streitwagen, die ich ununterbrochen in diesem Nest gelassen habe; Aber anscheinend haben sich die verdammten amerikanischen Mestizen einige Verteidigungen angeeignet, die wir zuvor gemacht haben, und wehren sich, als hätten sie eine Chance, aus dieser Situation herauszukommen.

Wenn ich gelernt habe, eine Waffe zu fürchten, fast so sehr wie Panzerabwehrkanonen und Torpedoflugzeuge, dann ist es die Flak, wenn sie uns, auf Null gestellt, ihre Haubitzen präsentieren. Die Feuergeschwindigkeit dieser verdammten Artefakte ist erschreckend. Im Handumdrehen können sie fünf Sprenggranaten auf eine von ihnen legen, die zwar beim Kontakt mit der Panzerung explodieren, diese aber manchmal durchdringen und vor allem die Ketten, den Turm und das Getriebe zerstören.

Im Tank husten wir wegen des Geruchs von Kordit. Von meiner Position aus, die Augen auf den Betrachter gerichtet, kann ich die Baumgruppe erkennen, die sicherlich eine Kasematte aus Zement und Stahl verbirgt. Die Bäume springen einer nach dem anderen dem Aufprall unserer Kanonen entgegen, während wir mit den Maschinengewehren den gesamten Raum um das Ziel herum fegen, um zu verhindern, dass die Server der "Bazookas" und der Granat- und Benzinflaschenwerfer ihre Nase zeigen. .

„Fertig" höre ich im Kopfhörer.

Hagen ist endlich da.

„Zwei AAs hinter diesen Bäumen.

"Gut.

Gut? Ich habe einen Fluch. Aber dies ist nicht die Zeit, um zu streiten.

In diesem Moment wird eines unserer Autos von einer Reihe von Stößen getroffen. Culatea, fast wie ein Pferd aufgezogen und mit einem seiner Getriebe gedreht, blieb es in der Flanke und bot den Amerikanern ein ausgezeichnetes Ziel. Es sieht aus wie ein Käfer, dem alle Beine von einer Seite abgerissen wurden. Sie werden sofort fett an ihm.

"Es scheint unmöglich, das anzugreifen, oder?" Fragt Hagen, dessen Streitwagen links vom Ziel zieht. Die anderen Maschinenchefs scheinen genauso zu denken wie er.

Ich befehle, dass sie unter den Bäumen verteilt werden. Ja, anscheinend ist es unmöglich.

Und in diesem Moment sehe ich eine kleine Gruppe, drei Fußsoldaten, die vorwärts stolpern. Einer von ihnen trägt ein Gerät auf dem Rücken, das ich gut kenne. Ein Flammenwerfer. Diese tapferen Männer wollen uns helfen, aber sie werden nie in der Lage sein, nackten Oberkörper zu bekommen.

"Verstanden", sagt Hagen, ohne dass ich ihm auch nur ein Wort sagen muss.

Und ich sehe, wie dein Auto anfängt zu laufen. Für einen Moment gleiten seine Ketten auf dem gefrorenen Boden, während seine Kanone wütende Leuchtraketen spuckt. Dann, verankert in einem kleinen schneefreien Hügel, nimmt er Fahrt auf und steuert wie ein Zyklop auf das Hindernis zu.

„Viel Glück", sage ich. Und ich befehle meinem Kanonier, sein Feuer hinzuzufügen, bis es mit einem Stahlstrahl bedeckt ist, wenn ich mich verstecke.

Die Amerikaner ihrerseits haben nicht aufgehört. Sie feuern weiter, aber ihre Feuerkraft scheint geringer zu sein. Möglicherweise haben sie nicht genug Munition.

Die drei Infanteristen halten sich an Hagens Ketten und rücken mit ihm vor. Sie haben verstanden. Hagen geht schräg vor, um sie so gut wie möglich zu schützen.

Ich erhebe ein Gebet für sie. Es scheint fast unmöglich, aber ich habe Hagen gesehen, wie er so schwierige Dinge getan hat.

Es kommt ... es kommt ...

Plötzlich dreht sich der Panzer in einem Winkel von fünfundzwanzig Grad auf seinem Hintern. Es ist eine großartige Geste. Da habt ihr es, Jungs, scheint er zu sagen.

Die drei Soldaten interpretieren es und verschwenden keine Sekunde. Das sind natürlich keine Anfänger. Sie haben es mit der Meisterschaft erfahrener Soldaten geschafft

Der mit dem "Flammenwelfer" weist darauf hin. Wie in einem Film sehe ich die Mündung des Ärmels, die sich hebt und plötzlich den Feuerstrahl, den schrecklichen, feurigen Finger, der langsam vorrückt.

Wir halten den Atem an. Das müssen auch die Amerikaner erkannt haben, denn ihre Schüsse werden immer schlechter; aber schon nähert sich ihnen die glühende Spitze, kreuzt zwischen den Bäumen, die brutzeln, und bricht schließlich mit aller Glut auf dem Blockhaus zusammen.

Vor unseren Augen bricht ein kleiner Vulkan aus. Es sieht aus wie ein Feuerwerksbrunnen zwischen den brennenden Bäumen und den explodierenden Munitionspaketen.

Das Hindernis ist nicht mehr so. Ich warte ein paar Augenblicke, bis die Ausbrüche nachlassen und die Befehle vorrücken. Mit

Jubelschreien und Triumphgeheul breiteten sich die Infanteristen wie ein Hummerschwarm über das Ziel aus.

Ich wische den Schweiß ab. Hagens Stimme erreicht meine Ohren.

„Clever. Tagger. Die Räumung ist vorbei.

„Los", antworte ich.

Aber hier muss ich das Schreiben unterbrechen. Ich schlafe ein, und der Schnaps, von dem ich fast eine Flasche getrunken habe, mag daran schuld sein, dass diese Seiten nicht die getreue und kalte Wiedergabe dessen sind, was an diesem langen Nachmittag passiert ist. Es schien mir, dass ich einige Wörter, Sätze, Wendungen verwendet habe, etwas nachdrücklich. Wenn ich Zeit habe, werde ich es noch einmal lesen, aber ich werde es nicht aufpolieren. Das würde seinen Enthusiasmus schmälern, und andererseits ist dies das Tagebuch eines Soldaten in einem entscheidenden Moment seines Lebens, nicht der Bericht eines Historikers, wie ich bereits bemerkt habe.

Nein, ich werde es so lassen, wie es ist, auch wenn es vielleicht an Objektivität fehlt.

20. Dezember.

Das haben wir wirklich nicht verdient.

Als ich meine Erzählung vor drei Tagen kaum mit jubelnden Ausrufen begann, ließ mich nichts erwarten, dass ich meine berechtigte Freude nach so kurzer Zeit mäßigen müsste.

Ich habe die vorherigen Zeilen noch einmal gelesen. Vielleicht lasse ich mich jetzt auch von einem etwas lähmenden Pessimismus mitreißen. Die Situation ist vielleicht nicht so, wie ich sie jetzt sehe, da meine Augen und mein Gehirn müde sind von so vielen Stunden fast ununterbrochenen Kampfes.

Ich schreibe es: Es scheint, dass wir verhaftet wurden. Daß unser energisches Vorrücken, unser schwungvoller Marsch zum Meere durch verschiedene Faktoren gebremst wurde, von denen es sicher nicht der geringste ist, daß uns die Zeit feindlich den Rücken kehrt.

Ja, ich habe keine andere Wahl, als es hier aufzunehmen. Ich wäre mir selbst nicht treu, wenn ich es nicht täte. Aber gehen wir in Teilen vor.

Gestern habe ich aufgehört zu schreiben, immer noch unter der freudigen Herrschaft unserer Siege. Diese Siege, oh, sie waren nicht so groß wie ich, ein Teilnehmer an ihnen, schienen sie mir. Meine Augen waren voller zerstörter, verbrannter Blockhäuser, zerquetschter feindlicher Panzer, Wälder, die von den Einschlägen unserer Artillerie donnerten. Das war leider nur der Teil, den ich erlebt hatte, nicht der allgemeine Umriss der Schlacht.

Die Ankunft der Nacht brachte uns den wohlverdienten Rest. Uns wurde der Befehl gegeben, die Wagen anzuhalten, um den neuen Divisionen, die noch nicht ins Feuer geraten waren, Platz zu machen und die vom Feind eingenommenen Stellungen zu festigen.

Als ich aus dem Tank kam, konnten mich meine Beine kaum stützen. Ich taumelte wie ein Betrunkener! Eine kalte Ranch, auf der noch hastig Fleischbüchsen unter dem Etikett befestigt sind, eine weitere Werbung "Made in the United States", "supreme irony!", Kaffee und Brandy.

Wir verschlangen das Fleisch, bis die Dose perfekt gezupft war, und zündeten uns Zigaretten an. Letzteres wurde uns nicht mitgegeben, was mich bittere Tage fürchten lässt, etwas entzogen, das dem Soldaten fast so wichtig ist wie das Essen.

Wir befanden uns auf einer Lichtung im Wald, in der Nähe der Straße, an der unsere Konvois ständig vorbeikamen, und brachten ständig neue Verstärkungen zu diesem Hornace, das die Front ist und alles verzehrt, was sie darauf werfen.

Wir alle hätten es vorgezogen, irgendwo warm zu schlafen, in einer der eroberten Städte oder Dörfer; aber das ist leider unmöglich.

Plötzlich die Nachrichten. Der Brigadegeneral beruft die Häuptlinge. Wir gingen, aber als wir uns in einer versteckten Farm unter einem dichten Kastanienwald mit von Granatsplittern zerrissenen Ästen trafen, sah ich, dass unsere Verluste wichtig waren, wenn wir alle dort waren.

"Ich habe gerade Neuigkeiten von der Division erhalten", sagte uns der General. Er saß an einem Tisch aus Kiefernholz mit einer Karte darauf. Er sah uns mit seinen scharfen Augen an, die vor Erschöpfung rot umrandet waren. Mylords, wir haben den Auftrag, Bastogne einzunehmen.

Es gab ein Murmeln, das sofort von der Hand des Generals zum Schweigen gebracht wurde, die sich in die Luft hob und aufblitzte.

„Die Stadt ist noch nicht gefallen, das brauche ich dir nicht zu sagen. Die Kapitulation wurde General McAuliffe, dem Kommandeur der darin eingeschlossenen Fallschirmjäger, angeboten. Seine Antwort war unhöflich und für einen Militärmann unanständig, aber äußerst anschaulich. Ich übersetze es übrigens ganz locker mit "Nasen".

„Was erwarten Sie, mein General?" fragte „Oberst" Pieck, dessen Gesicht von einem Schrapnellhelm gestreichelt wurde und eine lange

Wunde hinterließ, die ihn nicht daran gehindert hat, seinen Posten fortzusetzen.

„Warten Sie, bis das Wetter klarer wird, Colonel. Das erwarten sie. Sobald das passiert, und Gott bewahre es bald, würde seine Luftfahrt uns zermalmen. Der uns vom Reichsmarschall versprochene Luftschutz konnte leider nicht realisiert werden.

Viele Augen beobachteten ihn aufmerksam. Das waren ernste Neuigkeiten, aber Angst war auf keinem Gesicht zu lesen.

Ich war jedoch erschrocken. Hagens Ellbogen berührte meinen Arm. Was würde mir dieser Schurke sagen wollen? Glaubte er, seine absurden Befürchtungen könnten auch nur die leiseste Grundlage haben?

„Also, Mylords, müssen wir Bastogne einnehmen, wenn wir nicht wollen, dass diese verfluchte Stadt unsere wohlüberlegten Pläne durchkreuzt. Ich glaube, ich habe mich gut verstanden.

Niemand nickte, aber der General wusste, dass er auf seine Männer zählen konnte.

„Ich sehe", fuhr dieser ausgezeichnete Häuptling fort, „dass es in Ihren Reihen viele Lichtungen gibt. Morgen wird es mehr geben, das kann ich Ihnen versichern, denn ich habe dem "Genealleutnant" versprochen, dass wir morgen Bastogne nehmen oder wir alle in der Anstrengung zugrunde gehen.

Das lässt sich niemand gerne sagen, aber wir sind Soldaten und verstehen perfekt, wann es notwendig ist, sich von unserer Haut zu verabschieden. Es hatte in unseren Ohren die Zahl der Todesopfer einer Totenglocke. Hagens Ellbogen ging zurück zu meinem. Dies waren keine Zeiten, die Witzen oder Sarkasmus förderlich waren.

„Sirs, ich bin nicht der Überbringer guter Nachrichten, zumindest nicht sehr guter. Aber ich mache dich gerade deshalb zu einem Teil von ihnen, weil ich dich morgen, wenn du dem Feind gegenüberstehst, wissen lassen möchte, dass du für etwas mehr kämpfst als für eine

Stadt, ein Dorf zwischen Straßen in feindlichem Gebiet, sondern für die Deutschen Heimat, für die Heimat unserer Väter.

Er hielt dramatisch inne. Nur das ständige Grollen von vorne unterbrach die Stille. Denn dort, im Wohnzimmer dieses Luxemburger Hofes, hätte man das Knarren eines Holzwurms gehört.

„Meine Herren, die 6. SS-Panzerarmee hat in der Nähe von Krinkelt einen verlangsamten Vormarsch erlebt, und obwohl sie ihr Bestes geben, um die ‚Sackgasse' zu durchbrechen, ist es ihnen nach meinen Berichten noch nicht gelungen. Unsererseits haben die Außenposten unserer glorreichen 5. Armee ihr Ziel, Dinant an der Maas zu erreichen, noch nicht erreicht, obwohl wir daran nicht zweifeln. Aber, meine Herren, damit der "Generalleutnant" sein Ziel erreichen kann, müssen wir diese verdammte Stadt einnehmen, die sich uns so verzweifelt widersetzt. Wir können kein Nest gut bewaffneter und gut ausgerüsteter Soldaten hinter uns lassen.

Wir nicken. Das war in allen Köpfen.

Also, meine Herren, nehmen Sie alle meine Anweisungen zur Kenntnis. In Ermangelung neuer Ereignisse werden Sie alle morgen, um drei Uhr morgens, treu folgen, wenn wir den Frontalangriff beginnen.

Er stand auf und gab uns langsam, langsam, aber mit klarer und präziser Stimme Befehle. Als es vorbei war, grüßten wir und zogen uns auf unsere Posten zurück. Ich ging mit Hagen, der trotz der Kälte mit bloßen Händen eine Zigarette rauchte.

„Morgen, Liebes, wirst du Bastogne betreten oder du wirst sterben", sagte er plötzlich.

"" Wir werden eintreten oder sterben. "

"Ich nicht.

Ich drehte mich zu ihm um. Unsere Schritte klangen auf Schnee und verhärteter Erde.

"Was sagst du?

„Dass die ruhmreiche Zweite Division, das mächtige Dritte Regiment, die ungeschlagene Zweite Brigade es allein tun müssen. Ich kann dir nicht helfen.

"Du bist verrückt!

"Ich bin nicht." Ulrich. Ich habe eine andere Mission bekommen. Heute Abend muss ich mich beim Model-Hauptquartier melden.

Ich war sprachlos.

„Aber in Gottes Namen, was willst du ...?

„Es ist ein militärisches Geheimnis, Ulrich. Aber da Sie bereits wissen, dass Militärgeheimnisse so formuliert sind, dass sie gebrochen werden, kann ich es Ihnen gerne sagen, weil ich weiß, dass Sie ein guter Freund und ein ausgezeichneter deutscher Offizier sind.

Ich lächelte. Wir passierten die im Wald getarnten Streitwagen mit dem Bogen nach Bastogne, dessen Schimmer wir in der Ferne sehen konnten, der sich in den Bäuchen der niedrigen Wolken widerspiegelte. Es hat weder geschneit noch geregnet, aber es war sehr kalt.

Ein Soldat spielte klagend Mundharmonika, und zwei oder drei neben ihm begannen leise zu singen:

"Für die Kaserne, für das Große Tor ..."

„Machst du Witze? Das ist wieder einer deiner verdammten Witze. Welche andere Mission könntest du besser erfüllen als auf „Katty"?

Er zündete sich eine weitere Zigarette an. Im Licht des Feuerzeugs sah ich sein Gesicht. Er lächelte nicht. Im Gegenteil, er wirkte ernst, äußerst ernst.

„Nein, Ulrich, ich mache keine Witze. Wo habe ich drei Jahre vor dem Krieg verbracht?

Ich erinnerte mich plötzlich. Er hatte es mir einmal gesagt. Er verbrachte einige Zeit, drei Jahre, in den Vereinigten Staaten. Aber was hatte das mit ... zu tun?

„Ulrich" fuhr mit dem gleichen Ernst fort", alter Kamerad, der Generalstab will die Brücken über die Maas sprengen. Er wird deutsche Soldaten in amerikanischen Uniformen schicken, um mit dieser

Mission durch die alliierten Reihen zu infiltrieren. Wie Sie verstehen werden, müssen sie perfekt Englisch mit amerikanischem Akzent sprechen. Ich bin schon einer dieser Männer.

„Das habe ich schon gesagt. Ich habe verstanden.

„Es ist fast an der Zeit, mich vorzustellen. Ich habe dich hierher begleitet, aber ich bin nicht mehr. Hier trennen wir uns.

„Wer schickt ‚Katty‘?

„Leutnant Norr.

Er ließ die Zigarette fallen und streckte die Hand aus. Ich habe es geschüttelt. Zwei Soldaten, dort in der kalten Nacht, die Hände falten. Zwei Freunde.

„Auf Wiedersehen, Kamerad.

„Nein", sagte ich durch eine verengte Kehle. „Auf Wiedersehen, Dieter.

Er drehte sich um und ging. Ich verlor seinen grünlich-grauen Umhang aus den Augen.

Ein guter Kamerad. Ein guter Soldat.

So viele wie er sind in diesem Krieg verloren gegangen … So viele …

Sie darf nicht an ihn denken. Er würde seine Mission erfüllen und ich musste meine erfüllen. Die Soldaten sangen weiter, mit leiser Stimme, durchdrungen von Traurigkeit und Sehnsucht.

«Bi einst, Lili Marlen, bi einst, Lili Marlen …»

Um drei Uhr morgens stiegen wir in die Autos und die Brigade machte sich auf den Weg. Vorwärts immer vorwärts.

21. Dezember. Früher Morgen.

Wie ich schon sagte, die Zeit ist nicht mehr auf unserer Seite. Als ich aus einem tiefen Schlaf aufwachte, sah ich als erstes, dass der Himmel, der beim Einschlafen neblig war, nun fast flach war. Am frostigen frühen Morgen sah ich Wolkenfetzen und Sterne.

Alle unsere Augen richteten sich eifrig auf diese Sterne. Wenn sie weiter leuchten würden, wenn am nächsten Morgen die Sonne ihr gelbes Gesicht durch die Wolken zeigte, hätten wir sofort die feindlichen Flugzeuge über uns. Wir alle wussten, was das bedeutete.

Aber in diesem Moment mussten wir Befehle ausführen, mit Sternen oder ohne Sterne, mit Sonne oder ohne Sonne.

Der erste brutale, durchdringende Angriff führte uns zu einem der stärksten Widerstandspunkte des Feindes: den Verteidigungsanlagen, die die amerikanischen Ingenieure hastig, aber fest am Stadtrand errichtet hatten.

Eine halbe Brigade schaffte es, sie zu erreichen, kämpfte gegen einen Feind, der sich verzweifelt an jeden Unfall auf dem Boden, an jedes Blockhaus klammerte, sich an die Erde und die vom Frost in den steinigen Boden gegrabenen Gräben klammerte, und ließ töten, indem sie auf unser Feuer mit ihren, unseren Panzern mit ihren "Bazookas", ihren Panzerabwehrgeschützen, ihren Flugabwehrgeschützen, ihren Minen, ihren Gewehren und ihren Handbomben.

Zwischen uns stürzte die deutsche Infanterie, die besten Soldaten der Welt seit der Hegemonie Spartas, unter Ausnutzung der kleinsten Lücke in einem Strom, der die Punkte überflutete, die wir nicht erreichen konnten.

Was für ein Kampf! Was für ein großartiger Kampf! Odin wäre mit seinen Söhnen zufrieden gewesen, wenn er sie so kämpfen sah, ohne Viertel zu geben oder zu erhalten, Bajonett für Bajonett, Granate für Granate, Schlag für Schlag, Biss für Biss zurückzugeben.

Aber meine Hand beugt sich, mein Stift fällt. Meine Augen sind unbesiegbar geschlossen, mein Herz schlägt unregelmäßig, weil ich müde bin. Morgen mache ich weiter, wenn morgen …

21. Dezember.

Leider ist es uns nicht gelungen, das uns vom General vorgegebene Ziel zu erreichen. Es ist nicht unsere Schuld, wenn wir keinen Erfolg haben, und es ist auch nicht unsere Schuld, nach einem Scheitern am Leben zu bleiben. Wir haben mit allen Mitteln versucht, beide Befehle zu befolgen.

Wir haben uns immer wieder mit doppeltem Mut gegen die amerikanische Verteidigung geworfen, sind aber immer auf fanatischen Widerstand gestoßen, der uns zum Rückzug zwang. Unglaublich, aber ich muss es ehrlich gestehen.

Unsere Bosse haben die Situation gründlich analysiert, sie haben nach der schwächsten Stelle gesucht, um die Angriffskeile einzufügen, aber es scheint, dass ein feindlicher Dämon Freude daran hat, alle unsere Hoffnungen zu brechen, unsere leidenschaftlichsten Wünsche zu verletzen.

Wir haben die ersten Häuser von Bastogne erreicht, wir haben das Hauptquartier vor unseren ängstlichen Augen gehabt, von dem die Befehle abgehen, die sich dem deutschen Vormarsch entgegenstellen. Nutzlos. Mit dem Tod in unseren Seelen mussten wir uns wieder zurückziehen, verfolgt von seinem intensiven Artilleriefeuer, das uns zermalmt, uns pulverisiert.

Ich weiß, dass vom Hauptquartier des Führers Verstärkung angefordert wurde, aber diese Verstärkung ist noch nicht eingetroffen. Die Karren werden immer weniger, sie liegen zu Dutzenden, zu Hunderten auf den Straßen und in den Wäldern, verwandelt sich in Berge aus verdrehtem Eisen. Leichen bedecken die Hügel mit ihren Tausenden von gefrorenen Körpern. Alles vergebens. Vergeblich ist dieses grimmige Gemetzel, diese massive Zerstörung.

Sind wir also nicht die Auserwählten? Soll ich zulassen, dass sich Zweifel in meiner deutschen Brust drehen? Sollen wir sehen, wie diese amerikanischen Mischlinge, diese englischen Verräter an ihrem germanischen Blut, den heiligen germanischen Boden zertreten? Nein und tausendmal nein!

Aber...

Die 'Volkgrenadieren', die 'Panzer'-Divisionen, beides der Stolz unserer Armee, sind erschöpft. Ein Körper gibt auf, wenn das Blut in seinen Adern zu fehlen beginnt, und genau das geschieht mit uns in diesen bitteren Tagen, die leider so bitter begannen. Ein widriges Schicksal braut sich auf uns zusammen.

Und alles, warum?

Nur die Stärke von drei Divisionen steht unserem Frontalangriff entgegen. Es gibt amerikanische Fallschirmjäger, die zur 101. Division gehören, es gibt einige Infanterietruppen, Ingenieure, Kanoniere, aber das alles in viel geringerer Zahl als bei uns. Werden wir jetzt nicht in der Lage sein, das zu tun, was vor vier Jahren ein gemütlicher Militärspaziergang für unsere Waffen gewesen wäre?

Ich muss es gestehen, wenn auch nur mit leiser Stimme und in diesem Tagebuch, das, wie ich jetzt sehe, später niemand mehr lesen sollte, denn was ein Enthusiasmus hätte sein können, hat sich in ein Stöhnen der Bitterkeit verwandelt. Ich muss es, ich wiederhole, gestehen: Wir können es nicht.

Ich werde nicht auf die aktuelle Ausrede hereinfallen, dem Wetter, den Wetterbedingungen, dem Pech, unserem Versagen die Schuld zu geben. Ihnen gestehe ich täglich, dass ich manchmal denke, dass in den Plänen, die in den Büros des Generalstabs formuliert wurden, etwas nicht stimmte. Aber wer bin ich, demütiger Oberstleutnant, an dem klaren Urteil meiner Vorgesetzten zu zweifeln? Haben sie nicht alle Fäden, alle notwendigen Informationen in der Hand, um die besten Pläne zu koordinieren? Haben sie nicht die Intelligenz, das Studium, den Scharfsinn und die Militärwissenschaft?

Sie haben sie, daran kann niemand zweifeln, aber ... was ist dann passiert? Gibt es niemanden, der es mir erklären kann?

Heute, zwanzig, haben wir einen letzten Versuch gemacht. Nachdem wir unsere Truppen, die durch die letzte Schlacht etwas zerstreut waren, neu gruppiert haben, haben wir uns zum Angriff erhoben.

Wie durch ein Wunder, und das Wort wurde nie besser verwendet, da man sagen kann, dass er an allen Kämpfen teilgenommen hat, sind die dreiunddreißig Tonnen meines "Tigers" noch intakt, abgesehen von zwei oder drei indirekten Treffern. Ich vergaß zu erwähnen, dass ich das Regiment befehligte, wegen des Todes des heldenhaften Oberst Pieck, der tapfer, von einem Volltreffer getroffen, auf seinen Beobachtungsposten fiel. Ich weiß nicht, ob ich hier lebend herauskomme, und ich wünsche es nicht sehr, denn was wird aus uns, seinen Verteidigern, wenn Deutschland fällt? Welches Glück erwartet uns? Aber höchstwahrscheinlich wird das Regimentskommando, das ich jetzt provisorisch innehabe, wirksam, wenn der Gott der Schlachten beschließt, uns sein wohlwollendes Gesicht zuzuwenden.

Doch jetzt ist nicht die Zeit, darüber nachzudenken, sondern Deutschland zu retten. Ehrungen, Belohnungen, Zeit wird nach der Ankunft haben.

Wie gesagt, wir haben uns verzweifelt bemüht. Das wird nicht verstanden! Ohne Vorräte, eingeschlossen in einen Kreis aus Feuer und Stahl, woher nehmen sie den Mut, die Munition, die Vorräte, um weiterhin Widerstand zu leisten? Vor uns muss unbedingt ein General stehen, der unserer Armee keinen Abbruch tut. Ich finde keine andere Erklärung. Amerikaner sind keine Soldaten wie wir, sondern Menschen, die hastig in einem Land rekrutiert werden, das keine Kriegsgeschichte und keinen Generalstab hat, der durch fast ein Jahrhundert Militärwissenschaft verdichtet ist.

Das ist jedenfalls nicht mein Ding. Ich habe mein Ziel, das dort, gegenüber, in dieser Stadt liegt, nur eine Stadt, die sicherlich in die Annalen der Geschichte eingehen wird. In Bastogne.

Unser Hauptziel ist eine gut befestigte und zementierte Gruppe von Farmen, in denen amerikanische Fallschirmjäger Widerstand leisten, wie uns die Gefangenen mitteilen.

Sie haben drei schwer gepanzerte Panzer stationiert, und sie sind diejenigen, die auf unser Feuer reagieren, wenn es uns gelingt, ihre Frontlinien zu durchtrennen, die aus Schützengruppen mit "Bazookas" und zwei Panzerabwehrkanonen bestehen.

Ich befehle zwei unserer "Tigers", unablässig auf die amerikanischen Panzer zu feuern, während der eigentliche Angriff von links kommt, mit meiner "Kind" an der Spitze. Mein treuer "Tiger", den ich so sehr liebe.

Drei weitere Panzer folgen mir, und hinter uns rücken die Grenadiere in schnellen Zick-Zack-Bewegungen in Deckung, ihre Taschen gut beladen mit Handbomben.

Wir teilen die Stämme der gefällten Bäume, wir zerquetschen die phrygischen Pferde, wir rollen über die tief in die Erde gerammten Betonpfähle und umgehen die Panzergräben, in die wir, wenn wir fallen würden, nutzlos wären wie Käfer auf dem Rücken , und schließlich haben wir vor uns. das Ziel ansehen. Wie durch ein Wunder haben diese Bauernhöfe ihre Schieferdächer und ihre grauen Steinmauern erhalten.

Allerdings nicht lange. Als die beiden "Tigers" ihr Duell mit den amerikanischen Panzern fortsetzen, beginnen wir mit dem Bombardement, und die Infanteristen verteilen sich, um ihnen von hinten den Nachschub abzuschneiden.

Ich denke, wir werden es bekommen, wir sind dabei, es zu bekommen. Hurra!

Wir haben es geschafft!

Amerikanische Panzer können sich nicht bewegen, obwohl sie feuern können. Sie sind in Wirklichkeit ein Kürass mit einer Kanone. Sie haben nichts mehr in Sicht.

Die Grenadiere haben die amerikanischen Widerstandsgruppen hinter der Farm engagiert. Dies ist mein erster Einsatz als Regimentskommandeur, und ich kann zu Recht stolz darauf sein.

Es gibt fünf Wirtschaftsgebäude. Von der ersten Salve an haben wir es geschafft, einen von ihnen zu vernichten. Das Dach wird gesprengt, seine Verteidiger stürzen heulend hervor. Durch das Visier beobachte ich, wie die Kleider eines von ihnen brennen und wie er sich auf dem Boden rollt, um das Feuer zu löschen, das ihn verbrennt.

Sie müssen unser Manöver bemerkt haben, denn einer der Panzer richtet die lange Antenne seiner Kanone auf uns und schickt uns einen Gruß. Zum Glück hatte er keine Zeit zum Zielen und seine Granate fliegt über meinen Turm.

In diesem Moment zerstört das Feuer unserer beiden "Tiger" einen der amerikanischen Panzer. Der andere, der sich nicht bewegen kann, verteidigt sich verzweifelt, aber sein Feuer kann nicht gegen die konvergierenden Strahlen von uns kämpfen. Es zerplatzt in tintenschwarze Wolken und verschlingt dich in einem Moment.

Ich gebe den Befehl zum Angriff. Zu spät bemerke ich, wie sich unsere Grenadiere zurückziehen und die nassen Stoppeln grünlich-grau bespritzen. Etwas muss sie aufgehalten und später zum Rückzug gezwungen haben.

Aber von wo ich bin, kann ich ihnen wenig helfen. Also mach weiter!

Wir erreichten die Steinzäune, die die Gebäude begrenzen, und haben es bis dahin geschafft, zwei von ihnen niederzureißen und sie fast bis auf die Mauern zu reduzieren. Da wird mir klar, was die Durchreise unserer tapferen Kinder verhindert hat.

Eine amerikanische Angriffsgruppe, in Khaki gekleidete Soldaten mit langen Umhängen, runden Helmen auf dem Kopf und schwer bewaffnet, werden nach Belieben entsandt. Geschützt durch eine Barriere aus Sandsäcken, Zementblöcken und sich kreuzenden Stahlträgern.

Hätten wir die Luftfahrt gehabt, wäre das nicht passiert. Sie hatte uns rechtzeitig vor dem Hindernis hinter der Farm gewarnt.

Natürlich haben sie zum Glück auch keine Hilfe von Flugzeugen. Ich würde nicht sehen wollen, wie ihre Torpedobomber auf mich fallen, ein erschreckendes Kreischen der verdrängten Luft und mich mit Zehn-Zoll-Torpedos bespritzen.

Die Verteidiger der Farm ziehen sich ungeordnet zurück, geben ihre Ausrüstung auf und das Ziel bleibt in unserer Macht. Zumindest kurzzeitig, da zwischen den Verteidigungsanlagen, aus denen sich unsere Infanteristen zurückzogen, die Mündungen von zwei Panzerabwehrkanonen erscheinen, die fast sofort zu feuern beginnen.

Ich befehle den Panzern, sich so weit wie möglich von ihnen fernzuhalten, zwischen ihnen und den Mündern zu stellen, die die Farmmauern mit Maschinengewehren beschießen, und melde die Situation an das Hauptquartier der Division.

Der Befehl lautet: dort um jeden Preis widerstehen. Positionen festigen und ... widerstehen.

Worauf ich mich vorbereite. Meine Panzer reagieren auf das Panzerabwehrfeuer, indem sie nichts als Kanonen über die halbzerstörten Mauern der Farm ragen und von den Infanteriebeobachtern gelenkt werden. Ein tapferer Feldwebel, mit einem tragbaren Radio leitet er Schüsse, und wir haben die Genugtuung zu sehen, wie seine Verteidigung nach und nach nachlässt.

Ich muss aufhören zu schreiben. Mir wurde befohlen, mich so schnell wie möglich im Hauptquartier zu melden, drei Kilometer zurück. Ich gebe Kommandant Jung die entsprechenden Anweisungen, steige aus dem Panzer aus und steige in einen Kleinwagen mit Ketten, der für solche Fälle nützlich ist.

21. Dezember. Später.

Das Divisionskommando hat mir die Ehre erwiesen, meine bescheidene Leistung ein "Ziel erreicht" zu nennen, und sie bauen eine Nachschublinie zur Farm auf. Das erfüllt mich mit Stolz, denn obwohl ich wenig erreicht habe, kann nur wenige dieser Art ein großer militärischer Sieg sein. Ich bin ein Sandkorn, aber viele Körner machen einen Berg.

Aber leider! Ich habe auch andere Nachrichten gehört, viel weniger erfreulich. Unsere Meteorologen sagen uns, dass die Wetterbesserung schnell voranschreitet und wir vielleicht morgen an der Grenze des Hochdruckgebietes sind.

Wir alle wissen, was das bedeutet. Alliierte Flugzeuge werden in der Lage sein, Bastogne zu versorgen, und ihre Formationen werden auf uns herabstürzen, um uns mit Tausenden Tonnen Bomben unter die Erde zu versenken.

Der General teilt es uns ruhig mit, ohne dass sich ein einziger Zug seines Gesichts verändert. Ein solcher Chef vermittelt seinen Männern Mut und Glauben, hindert sie aber nicht am Denken. Und ich denke, wenn das Wetter klarer wird, wie es alles vorhersieht, wird unsere Offensive zu einer Katastrophe.

Aber die schlechten Nachrichten sind noch nicht zu Ende. Die Amerikaner aus dem Süden, aus Luxemburg und Frankreich beginnen, auf die linke Flanke unserer Speerspitze zu drängen. Gleichzeitig beißen die Engländer von Norden her in die rechte Flanke. Wenn sich die Truppen dieses alten Montgomery-Fuchses, dem einzigen Mann, vor dem sich Marschall Rommel beugen musste, und die Amerikaner des Kavallerie-Generals Patton zusammenschließen, werden sie uns eingesperrt haben, wie wir Bastogne eingesperrt haben.

Nach der Konferenz muss ich zu meinem Kampfposten zurückkehren. So Gott will, dass wir am Ende das Rückgrat dieser Stadt brechen können, die uns so viel Schaden zugefügt hat.

Oberstleutnant Ulrich Tagger vom 2. Regiment 2. Division der 5. "Panzer"-Armee der Reichswehr starb am 21. Dezember 1944, heldenhaft bei der Verteidigung eines von der Kommandantur zugewiesenen Ziels. Er wurde posthum mit dem Großen Eisernen Großkreuz erster Klasse geehrt. Der Unterzeichnete bezeugt also in demselben Tagebuch, in dem der große Soldat seine Eindrücke festgehalten hat.

Ruhe in Frieden.

Unterzeichnet:

Hauptmann Gottfried Jung.

ZWEITER TEIL

In Clervaux gab man ihm eine amerikanische Uniform, eine Privatuniform, da er so, wie sie ihm sagten, unbemerkt bleiben konnte, als wenn er die eines Offiziers benutzte, und falsche Papiere, wenn auch so perfekt wie möglich.

In einem Raum voller Karten wies ein Oberst mit einem Zeiger Punkt für Punkt auf ihre Ziele hin.

„Man muss sich die genauen Orte einprägen, um sie ohne Zögern zu besuchen", erklärte er. Sie müssen genau zur gleichen Zeit an den vorgesehenen Orten eintreffen, auch wenn sie auf unterschiedlichen Wegen gehen. Wir gewähren ihnen eine Frist, die für sie ausreichend ist.

Er stoppte.

„Wenn es am Ort angekommen ist und es Zeit ist, werden diejenigen, die es geschafft haben, die feindlichen Linien zu passieren, die Arbeit ausführen, ohne auf die verspäteten zu warten. Diejenigen, denen es dann nicht gelungen ist, werden es sein, weil sie tot sind oder gefangen genommen wurden. Ich hoffe, Sie alle haben die Anleitung gut verstanden.

Es gab eine allgemeine Zustimmung. Die meisten von ihnen waren Offiziere, aber es gab fünf oder sechs Soldaten, die aufgrund ihrer perfekten Englischkenntnisse ausgewählt wurden, die für sie absolut notwendig waren.

Dieter Hagen sah sie an. Er sah auf allen Gesichtern den gleichen entschlossenen, eigensinnigen Ausdruck.

Wie viele davon werden zurückkehren? Er dachte. Aber das war etwas, das ihn damals nicht viel beschäftigte.

Er trug Uniform in einem Raum, zusammen mit den Männern, die die Gruppe bildeten, in der er auftreten sollte. Sein Ziel war Givet, an der Kreuzung der Straße von Namur nach Reims mit der von Wellin nach Phillippeville, wo sich die beiden an der Maas treffen. Die Brücken mussten im Morgengrauen des 21. gesprengt werden.

Die Plastikladungen und ihre Zünder wurden ihnen übergeben.

„Wenn Sie gefangen genommen werden, versuchen Sie, diese Ladungen zum Fliegen zu bringen, auch wenn Sie mit ihnen fliegen müssen", sagte der Ausbilder-Oberst kalt. Wir möchten nicht, dass sie in die Hände des Feindes fallen. Wir wissen immer noch nicht, ob sie ihre chemische Zusammensetzung kennen oder nicht, aber im Zweifel ziehen wir es vor, dass sie keinen von uns nehmen.

Sie nickten.

Dann fuhren sie mit einem Auto zu einem Flugplatz an einem Ort, den Hagen nicht finden konnte. Es regnete und schneite nicht, aber die Wolken waren sehr tief und die Kälte war intensiv.

Sie bekamen die Fallschirme ausgehändigt und ein Flugfeldwebel brachte ihnen bei, wie man sie anlegt, wie man springt, wenn der Pilot ihnen das Signal gibt, wie man fällt, um beim Erreichen des Bodens so wenig Schaden wie möglich zu verursachen, wie man den Fallschirm loswird , biegen Sie es und vergraben Sie es in der Erde.

Der Oberst gab ihnen die letzten Anweisungen, als sie bereits im Apparat waren.

„Sie werden im Zehn-Minuten-Takt in einem Gebiet freigelassen, das sich in einem Dreieck zwischen Givet, Beauraing und Fumay erstreckt. Dieses Gebiet ist von Amerikanern besetzt. Sie werden sich so wenig wie möglich unter sie mischen und wenn Sie auf Patrouillen stoßen, überlasse ich es Ihrer Intelligenz und Improvisation, wie Sie aus dem Weg gehen. Eines muss ich warnen: Die Amerikaner wissen, dass wir Menschen hinter ihren Linien infiltriert haben, denn dies ist nicht das erste Mal, dass wir dies tun. In der Unmöglichkeit, uns zu entdecken, stellen sie im Verdachtsfall Fragen, die ein Deutscher nur schwer beantworten kann. Es sind Fragen nach Details, die nur ein Amerikaner oder ein Mann, der schon lange in Amerika lebt, beantworten kann.

Hagen nickte. Es war die logische Antwort. Für einen Deutschen oder jemanden, der nicht "im" amerikanischen Leben gelebt hat, ist es sehr schwierig zu wissen, wer der Ehemann eines im Ausland wenig bekannten Filmstars ist oder welche Farbe New Yorker Briefkästen haben.

Dann schüttelte der Oberst ihnen die Hand.

„Viel Glück", befahl er mehr, als er sagte.

Und es kam heraus. Der Propeller des kleinen Fliegers rollte schon lange, um den Motor warm zu halten. Jetzt begann es sich schwindelerregend zu drehen. Einen Moment später flogen sie.

In dem Flugzeug befanden sich neben dem Piloten und einem Fluggefreiten sieben Mann.

Hagen sah sie an. Es gab einen Oberstleutnant der Ingenieure, der die Gruppe befehligte, und andere, an deren Besoldung er sich nicht erinnerte.

Beim Anblick der angespannten Züge des Oberstleutnants kam ihm für einen Moment in den Sinn, ihm auf die Schulter zu klopfen und zu sagen: »Genosse, überlassen Sie mir das Kommando. Sie müssen sich entspannen, denn sonst machen Sie alles Dumme. "

Aber er war bei der Armee, und das hätte ihn eine Waffe kosten können. Er starrte geradeaus und entspannte sich.

Das Flugzeug stürzte in die Wolken. Drinnen breitete sich eine schwere Stille aus, die nur durch das Dröhnen des Motors gestört wurde. Niemand sprach. Nur der Corporal beugte sich von Zeit zu Zeit zu dem Piloten vor, um mit leiser Stimme etwas zu sagen.

Nach einer Viertelstunde wandte sich der Korporal an sie:

"Bereit. Der erste muss innerhalb von drei Minuten ausgeworfen werden.

Der erste näherte sich der Luke. Die Hand des Korporals lag am Hebel.

"Wenn ich drei zähle, Sir", sagte der Korporal.

Die Minuten vergingen. Sie beugten sich alle nach vorne, als ob sie so besser atmen könnten. Nur Hagen lehnte sich zurück, sein Kopf lehnte an der Wand des Flugzeugs.

Plötzlich durchbrach die Stimme des Korporals die Stille.

"Eins zwei drei!...

Er riss die Tür auf und der andere sprang heraus. Der Korporal wandte sich an den zweiten:

"Sie, mein Herr.

Der gleiche Vorgang. Hagen war der vierte. Als sie an der Reihe war, stürzte sie sich mit den Füßen zusammen und zählte schnell bis drei. Sie waren bereits gewarnt worden, dass das Flugzeug tief fliegen würde, obwohl dies eine große Belastung bedeutete.

Dann zog er an dem Fallschirmring, und der riesige schwarze Seidenpilz öffnete sich mit einem scharfen Ruck über ihm.

In der kalten Luft stieg er langsam hinab und sah nichts. Die erste Nachricht, dass er sich dem Land näherte, war das Flüstern des Windes in den Baumkronen,

Er brachte seine Füße zusammen und fiel auf seine rechte Schulter. Er rollte sich auf dem Boden zusammen und stand auf, zog die Fallschirmbänder zu sich heran und blieb dann stehen, um zu entkommen.

Außer dem entfernten Gemurmel von vorne hörte ich nichts.

Er zog den Fallschirm ab, faltete ihn ohne nutzlose Bewegungen zusammen, konnte ihn aber nicht vergraben. Der Boden war hart und hätte eine Schaufel gebraucht. Zum Glück gab es viele trockene Blätter, die schon halb verfault waren vom Regen.

Er versteckte es unter einem Laubhaufen und holte den phosphoreszierenden Kompass aus der Tasche. Wenn die Berechnungen nicht fehlgeschlagen waren, musste er sich innerhalb von acht Meilen von Givet befinden. Er konnte sie vor Tagesanbruch bedecken. Dann hatte er noch den ganzen Tag Zeit, bis er am nächsten Morgen zu den anderen musste.

Ich hörte immer noch nichts. Von Zeit zu Zeit einen Blick auf den Kompass und die Uhr werfend, machte er sich auf den Weg. Der Platz war perfekt gewählt. Es gab keine Straße, außer ein paar Straßen zwischen dem Startplatz und Givet. Da die Frontlinie fast zwanzig

Meilen entfernt war, hatte er gute Chancen, zumindest für den Rest der Dunkelheit nicht auf Soldatenkolonnen, Biwaks oder Nachschubkonvois zu stoßen.

Der Ort, an dem er fiel, war ein Wald von Bäumen, weit auseinander. Er lächelte jedoch bei dem Gedanken, dass er sich an jedem von ihnen hätte hängen lassen und so weitermachen, bis ihn eine Patrouille oder ein Bauer entdeckte.

Er war eine Stunde unterwegs, als er plötzlich Geräusche vor sich hörte.

Er ließ sich zu Boden fallen, blieb stehen und lauschte. Einen Moment später sah er in etwa fünfzig Metern Entfernung ein schwaches Licht, vielleicht eine Taschenlampe. Die Stimmen mehrerer Männer drangen an seine Ohren, aber er konnte die Worte nicht verstehen.

Sie näherten sich. Er nahm die Pistole in die rechte Hand und umklammerte den Kolben fest. Sein Puls war konstant, obwohl er mehrere Nächte kaum geschlafen hatte.

Fünfundzwanzig Meter vielleicht. Jetzt hat er die Worte verstanden "... Und ich sagte ihr: schau, Mädchen, wenn du mich meine Hand in deine Bluse stecken lässt, werde ich dir sagen, ob sie falsch sind oder nicht, damit du nicht fluchen musst, was sehr hässlich ist Sache.

Sie waren Amerikaner. Wenn sie ihn entdeckten, wäre es sinnlos, ihnen zu sagen, dass er es auch war. Er hatte keinen Grund, dort zu sein, und das Mindeste, was ihm passieren konnte, war, vor seine Chefs gebracht zu werden. Er war dem nicht gewachsen, mit seinen Plastikladungen in der Tasche.

Er hob seine Pistole, schussbereit.

Sie hörte das Geräusch frostharter Blätter, das knarrte, als Männer vorbeigingen. Dann ging die Taschenlampe wieder an.

„Hier entlang, Chuck", sagte eine andere Stimme.

„Nein, mehr nach links.

„Schauen Sie, verschwenden Sie keine Zeit mehr. Ich sage Ihnen, es ist hier in der Nähe, und ich habe eine Gallone auf meinem Ärmel, und Sie haben keine.

„Nun, wenn Sie Autorität missbrauchen wollen …

Es gab unterdrücktes Gelächter. Sie waren jetzt fast über ihm. Er hörte das Geräusch ihrer Atemzüge und das Aufprallen von Metall auf Metall.

Dann haben sie bestanden. Ihre Stimmen waren in der Ferne verloren.

"... ja, aber warum kannst du nicht erraten, was der kleine Fuchs mir geantwortet hat? Er hat mir gesagt...

Hagen wartete immer noch fast fünf Minuten. Dann stand er auf und setzte seinen Weg fort, wobei er über die aus dem Boden ragenden Wurzeln und über die Steine stolperte.

Es dämmerte, als er die Straße erreichte. Er hatte sich dazu entschieden, weil es viel einfacher wäre, eine Erklärung für die Anwesenheit eines einsamen Soldaten auf einer Straße zu finden als im Feld.

Er kam an einem zerstörten Bauernhaus vorbei, als das erste Licht einer bleiernen Morgendämmerung begann, Dunkelheit über die Landschaft zu werfen. Ein Hund bellte wütend, aber das war das einzige Lebenszeichen, das er fand.

Dann berührten seine Füße den Asphalt, der durch das Vorbeifahren schwerer Fahrzeuge und Panzer aufgeplatzt war.

Das Donnern schwerkalibriger Geschütze hinter ihm ließ ihn erkennen, dass er auf dem richtigen Weg war. Begann zu laufen.

Er war nicht müde. Obwohl er die meiste Zeit des Krieges in einem Panzer verbracht hatte, war er vor Beginn der Feindseligkeiten ein ausgezeichneter Bergsteiger gewesen. Das einzige, was ihn störte, waren die übermäßigen Stunden ohne Schlaf, aber daran gewöhnen sich früher oder später alle Kämpfer.

Er hätte einen Kilometer zurückgelegt, als er hinter sich das Geräusch eines Motors hörte. Er hörte aufmerksam zu. Einziger.

Er stand am Graben neben den Ulmen, die oft französische Straßen säumen, und wartete.

Ein Jeep raste vorbei und sprang über Schlaglöcher. Hagen hob den Arm, und der Fahrer wurde langsamer. Er war ein kleiner Soldat, dunkel und drahtig.

"Was ist los mit dir?" Er hat gefragt. Dann schien er unentschlossen. " Was machst du hier?

"Ich fahre nach Givet", sagte Hagen, "ich schätze, die Federn des Wagens brechen nicht, wenn Sie mich einsteigen lassen."

„Natürlich nicht, aber was machst du hier? Von welcher Einheit?

„Von der fünften natürlich. Hören Sie, wenn Sie mich nicht als Passagier mitnehmen wollen, sagen Sie es besser. Ich muss nach Givet, wenn ich keinen Ärger bekommen will, es sind die Abgeordneten

„Welche Einheit hast du gesagt?

„Der fünfte, bist du taub?

„-Nein, aber das fünfte wovon? Na, geh hoch. Ich habe es auch eilig.

Er startete den Jeep, während Hagen zu ihm gesellte.

„Glauben Sie nicht, dass ich normalerweise so ein Fragesteller bin, aber uns wurde gesagt, dass wir vorsichtig sein müssen. Abgeordnete sind etwas ganz Besonderes. Sie verhalten sich so, als gehörten wir ihnen per Eroberungsrecht. "Tu das, mach das andere nicht, schnall den Gürtel an, er ist nicht in deiner Küche." Ein Durcheinander.

"Willst du mir sagen?" Hagen knurrte.

"Woher kommst du?

„Frisko.

„Gutes Land, aber schlechte Stadt. Hey, sei nicht böse, aber gib mir Toledo, Ohio.

„Gut, gib es dir.

Hagen schaute zum Straßenrand. Der Fahrer begann durch die Zähne zu pfeifen. Dann sagte er plötzlich:

"Hast du eine Zigarette?

„Ich wollte dich genau in diesem Moment fragen. Mir ist ausgegangen", antwortete Dieter sofort.

"Glücksschlampe. Die letzten, die ich hatte, habe ich gegen ein paar Umarmungen einer Belgierin ausgetauscht, die nach Kühen roch. Hey, sieh dir an, was ich sage: Es roch genau nach Ohio-Kühen. Ist das kein Zufall?

„Es sieht so aus, als wäre es so.

Hagen nahm die mit der Pistole bewaffnete Hand aus der Tasche und legte sie neben den Soldaten. Er wurde blass und starrte ihn mit verrückten Augen an.

"Aber was,..!

"Bremse.

„Du bist verrückt geworden,..!

"Bremse.

Der Soldat blieb stehen, als er Hagens Augen sah.

„Runter.

"Aber...

Hagen schlug ihm mit dem Hintern auf den Kopf. Er wollte nicht zu hart zuschlagen; Tatsache ist aber, dass der Soldat seitwärts gestürzt ist, mit dem Kopf über die Seite des Fahrzeugs.

Als Hagen sich über ihn beugte, sah er, dass er tot war. Er hatte sich den Schädel gebrochen.

„Pech", sagte er leise.

Er entfernte die Papiere und zerrte die Leiche außer Sichtweite der Straße. Es würde vielleicht nicht lange dauern, es herauszufinden, aber bis dahin könnte er noch weit weg sein.

Die Brieftasche des Toten wurde aufbewahrt. Ein kurzer Blick in die Papiere verriet ihm, dass er James Collins Privat zweiter Klasse vom X Signal Battalion geworden war.

Er entfernte das Abzeichen, das er am unteren Rand seines Schulterpolsters trug, zwei gekreuzte Strahlen, und zog es sich selbst an. Wenn er nicht einigen von Collins' Kameraden begegnete, könnte dies den Zweck erfüllen.

Es wäre noch zwei Kilometer gerollt, als es den ersten Konvoi passierte. Die erste Nachricht, die er erhielt, war, dass zwei Motorradfahrer Armbinden mit den Initialen MP auf den Ärmeln trugen.

Sie machten ihm eine herrische Geste, sich hinzulegen. Er gehorchte, und einer der Polizisten stieg ab. Über seinem Schultergurt hing eine Maschinenpistole.

„Bleib stehen, Junge. Die Dinge kommen hinterher. Papiere?

Hagen nahm sie heraus und reichte sie. Der Mann warf ihnen einen Blick zu, dann sah er auf.

„Was machst du hier? Wem hast du diesen „Jeep" gestohlen?

Hagen verkrampfte sich, aber sein Wissen über die Amerikaner hatte er nicht gerade aus Büchern gelernt. So redete der Polizist mit jedem, ob verdächtig oder nicht.

„Ich habe es gerade gestohlen", sagte er. Nun, wann kann ich durchkommen? Sie warten um zehn auf mich.

„Sie werden den Krieg ohne dich gewinnen müssen. Warten Sie hier. Bewegen Sie sich nicht, denn eines der Dinge, die dort auftauchen, könnte Sie wie ein Papierstreifen auf der Straße hängen lassen.

Sie bestiegen die Motorräder und setzten ihren Weg fort.

Hagen wartete. Ein paar Minuten später hörte er das Gebrüll.

Die Erde bebte, und die Telegrafendrähte klangen wie Geigensaiten. Schwere Panzer näherten sich.

Da waren sie. Mit vierzig Meilen pro Stunde umrundeten sie die Kurve, aneinander geklebt, mit einem so kleinen Abstand, dass sie, wenn einer von ihnen abrupt bremste, von hinten einfahren würden. Es waren schwere Panzer, und die Köpfe ihrer Diener ragten aus der Turmluke.

Sie sahen ihn an, als er vorbeiging, und einer von ihnen winkte ab.

Hagen zählte zwanzig. Hinter ihnen mit Truppen beladene Lastwagen, die mit dicken Planen bedeckt waren und auf deren Dach ein Flugabwehr-Maschinengewehr montiert war. Davon haben 70 bestanden.

Hinter dem Konvoi kam ein weiteres Paar Militärpolizisten. Er musste die Unterlagen einem Korporal zeigen, und er sagte ihm, dass er bestehen könne.

Er kam um zehn Uhr morgens in Givet an, nachdem er unterwegs auf einen anderen Konvoi getroffen hatte, der nur aus Lastwagen bestand. Bevor er die ersten Häuser erreichte, wurde er am Checkpoint von einem anderen MP angehalten.

"Benutzen Sie die Hauptstraße bis zum ersten Schild" lautete der Auftrag, den Sie erhalten haben. „Dann biegen Sie links ab. Waren Sie an vorderster Front?

Hagen schüttelte den Kopf.

"Gut, fahren Sie fort. Wenn ein Konvoi ist, fahren Sie auf der ersten Straße aus. Halten Sie nicht an der Kreuzung "rue" Chanzy an. Es gibt einige Typen, für die die Schilder anscheinend nicht gemalt sind.

Am Stadteingang sah er die ersten französischen Uniformen. Givet ist die letzte Stadt vor der Grenze. Die "Rue" Chanzy ist die Straße von Dinant, und an ihrer Kreuzung mit der Straße, in die er eingetreten ist, waren auch Polizisten.

Er musste den Jeep verlassen. Einige Kollegen von Collins könnten ihn wiedererkennen, und außerdem könnte einem wandelnden Soldaten weniger Aufmerksamkeit geschenkt werden als einem Fahrzeug.

Die Straßen waren überfüllt mit Soldaten und Zivilisten. Er verließ das Fahrzeug kurz vor dem Café del Comercio. Es waren so viele Fahrzeuge da, dass seines nicht auffallen würde.

Givet hat zwei Brücken über die Mesa. Einer von ihnen befindet sich in der "Rue" Oger, einer Fortsetzung der Straße, auf der er gekommen war. Der andere, ein wenig nördlich, durch den ein Eisenbahnzweig querte, sollte die Kurve der Generallinie von Rochefort nach Philippeville durchschneiden.

Er ging bis zum Fluss und überquerte die Plaza de la República. Gruppen amerikanischer und französischer Soldaten, in ihre Mäntel gehüllt, eilten hindurch. Die Ulmen streckten ihre abblätternden Äste gen Himmel.

Er überquerte den Platz und blickte auf den Fluss hinab, der langsam zu seiner Rechten rieselte. Er lehnte sich an die Brüstung und betrachtete die Fundamente.

Hagens Augen wurden schmal. Das Kommando, das die Sprengung der Brücke befohlen hatte, musste gewusst haben, dass dies eine fast unmögliche Aufgabe war.

Es hätte einen Abrisstrupp und Zeit, vor allem Zeit und Sicherheit gekostet, um die Arbeit zu erledigen. Wie geht das in wenigen Minuten und im Herzen einer Stadt voller Soldaten?

Er fluchte leise. Er löste sich von der Balustrade und ging weiter am Ufer der Maas entlang, um die andere Brücke am Kai von Dervaux zu erreichen. Die Eisenbahnbrücke war weniger schwierig, weil sie aus Metall bestand; aber die Frage des Mangels an Ruhe blieb ungelöst. Der Dinant Highway führte neben ihm vorbei, und dieser Highway wurde ständig von Lastwagen und Fahrzeugen der US-Armee befahren. Jedenfalls müsste dies alles vom Ingenieuroffizier, der der Spezialist war, gelöst werden.

Er fluchte leise. Ich hatte schrecklichen Hunger. Er hatte seit über zwölf Stunden nichts mehr gegessen.

Ihm gegenüber lag das Cafe Mallet auf der anderen Seite des Piers. Er ging auf ihn zu und trat ein. Dort war es zumindest heiß.

"Was wird es sein, Joe?" Fragte der Kellner. Er war ein alter Mann mit Glatze, der versuchte, seine kahle Stelle mit fünf im Halbkreis angeordneten Haaren zu bedecken.

Hagen sah, dass auf der Theke Scones lagen. Er bestellte Kaffee und mehrere davon. Als sie serviert wurden, sah er die Kassiererin an. Sie war eine Frau von ungefähr fünfunddreißig, wunderschön, mit schwarzen Augen und einem sinnlichen Mund.

Beim zweiten Blick, den er ihr zuwarf, flatterten die Wimpern der Frau.

"Es ist sehr kalt, nicht wahr?" fragte er mit sanfter Stimme.

„Sehr gut, Madame", erwiderte Hagen auf Französisch mit starkem amerikanischem Akzent. „Kaffee wird geschätzt.

„Monsieur kannte diesen Ort nicht?

„Oh ja, ich bin einmal gekommen, aber Madame war nicht da.

Die Frau nahm den Haken. Hagen hatte seinen Helm abgenommen, und mehr denn je war er froh, dass er nie der deutschen

Mode gefolgt war, die Haare an den Seiten des Kopfes und im Nacken zu rasieren. Das hätte ihn französischen Augen sofort enthüllt.

Der Kassierer betrachtete nun seinen Kopf. Dann würde er auf ihre Hände schauen. Hagen wusste auswendig, was Frauen vorher und nachher in ihm sahen; Dann würde sie ihm endlich wieder in die Augen sehen. Sie tat es prompt.

"Möchten Sie etwas mit mir trinken, Madame?" Er hat gefragt. Sie hatten ihm einige amerikanische Scheine, einen Dollar und fünf Dollar, wahrscheinlich gefälscht, gegeben, als sie die Kleider lieferten.

„Ich nehme gerne eine Creme de Menthe.

Er bediente sich und beugte sich Hagen gegenüber über die Theke. Er sah ihr in die Augen und dann auf ihre Brust. Sie machte Anstalten, es besser zu vertuschen, ließ die Geste aber auf halbem Weg stehen.

„Woher kommen Sie, Monsieur?

Aus Toledo, Ohio. Aber das ist egal, oder?

„Nein, es spielt keine Rolle", bestätigte sie lächelnd.

An der Tür erschien ein Militärpolizist mit Schlagstock und Armbinde.

„Hey Junge, Dokumente.

Hagen reichte sie ihm, der Polizist sah sie an, sah die Besitzerin an, zwinkerte ihr zu und sagte:

„Wenn Sie viel Aufhebens machen oder sich betrinken, rufen Sie uns an, Madame. Wir werden es gerne loswerden.

Er verließ sie. Hagen gestikulierte.

„Diese verdammten werden uns keinen Moment allein lassen. Auch nicht, wenn wir in Ruhe etwas trinken.

Sie goss ihm ein Glas Brandy ein.

„Es liegt am Haus", sagte er. Es ist wahr. Kaum sind ein paar Jungs ins Café gekommen, taucht einer dieser widerlichen Typen auf. Und das ist schlimmer. Er macht mir Hof und will keine Konkurrenz.

Er beugte sich zu Hagen und bot ihm eine größere Portion Dekolleté an.

„Aber für gute Kunden habe ich ein ruhiges Plätzchen hinter mir.

„Ich fürchte, ich werde es brauchen", sagte Dieter, streckte die Hand aus und legte es Madame auf den Arm. Für ihn gibt es derzeit nichts Besseres. Ein ruhiger Ort, an dem Sie die verbleibenden Stunden bis zur Ankunft der festgelegten Zeit verbringen können. In diesem Moment betrat jemand das Café, Hagen wandte sich an den Neuankömmling.

Er ging zum Tresen. Er war ein amerikanischer Soldat, aber nur in Uniform.

Er war eigentlich der Oberstleutnant der Ingenieure, der Mann, der Dieters Gruppe befehligte.

Ihre Blicke trafen sich nur für eine Sekunde. Dann drehten beide gleichgültig den Kopf.

"A brandy" fragte der Neuankömmling auf Französisch mit starkem amerikanischem Akzent.

„Komm, ich zeige es dir", sagte der Besitzer.

"Ist Ihr Mann nicht hier?" fragte Hagen leise.

Sie lachte, aber ohne zu antworten. In diesem Moment steckte derselbe MP, der zuvor eingetreten war, den Kopf heraus.

„Komm schon, Junge, Dokument", befahl er.

Der Deutsche holte tief Luft. Er nahm die Brieftasche mit den erhaltenen Unterlagen heraus und reichte sie dem Polizisten. Er betrachtete es, drehte es ein paar Mal zwischen den Fingern, und als der Deutsche nach der Rückgabe griff, legte er es außer Reichweite.

„Es ist nicht in Ordnung. Komm schon, komm mit mir und denk nicht daran, dumme Dinge zu tun.

Der Deutsche sah Hagen nicht einmal an. An den Tresen gelehnt, beobachtete er die Szene, anscheinend gleichgültig, aber tatsächlich gespannt wie eine Gitarrensaite.

"Aber, schau, Agent...", begann der Deutsche.

„Ich sagte, komm. Aber wenn du willst, dass ich dich anders frage ..." Er hob den Staffelstab in die Luft.

Hagen wusste genau, dass er nicht eingreifen durfte. Wenn sie diesen Mann aus ihrer Gruppe erwischten, konnte die Sprengung noch durchgeführt werden, wenn auch mit großen Schwierigkeiten; aber wenn sie beide erwischten, würde es viel schwieriger werden.

"Es wird ein Durcheinander geben", sagte der Besitzer des Cafés. " Komm mit mir.

Der Deutsche steckte die Hand in die Tasche. Es war eine schnelle Geste, aber der MP war schneller als er. Er ließ den Schlagstock hart und boshaft auf seinen Arm fallen, und der andere keuchte vor Schmerz.

„Was wehrst du dich, hm? Jetzt wirst du sehen, Schwein.

Hagen machte sich auf das Schlimmste gefasst. Wenn es dem Oberstleutnant gelang, an seinen Sprengstoff zu gelangen, würde das Café gesprengt und er auch. Er überlegte kalt, ob er den Polizisten erschießen könnte, und bewegte sich leicht von der Theke. Er hatte keine Lust, am Ende verflüchtigt zu werden.

Aber der Polizist war darauf trainiert, Soldaten zu bekämpfen, die ihm manchmal Widerstand leisteten, besonders wenn sie betrunken waren.

Er schlug wieder mit dem Schlagstock zu, diesmal auf den Kopf des Deutschen, und der Deutsche taumelte. Er versuchte immer noch, in seinen Taschen zu wühlen. Als der Polizist den Schlagstock wieder hob, gelang es ihm, seine Pistole zu ziehen und feuerte.

Die Kugel traf den Polizisten nicht, aber sie machte ihn wütend. Viele Male hatten sie sich ihm widersetzt, aber sie hatten nie versucht, ihn zu töten.

Er schlug ihn noch einmal bösartig, während er die Pfeife an seinen Mund hob und laut blies, um seine Gefährten zu rufen. Der Deutsche fiel zu Boden, beugte sich vornüber und schwang die Beine.

Hagen wandte sich an den Besitzer.

„Komm schon", sagte er. Das wird heiß und du weißt nie, was mit dir passiert. Sie schaffen es immer, uns etwas zu finden, wofür sie uns einsperren können.

Der Polizist hatte den Deutschen erwischt, zerrte ihn aus dem Café und schlug weiter auf ihn ein. Hagen sagte sich, dass er dieses Gesicht, rot, scheußlich, nie vergessen würde, während der Arm sich wie ein Kolben bewegte, der auf den bereits trägen Körper traf.

Der Besitzer führte ihn durch ein Hinterzimmer voller Schubladen, Fässer und Flaschen zu einem kleinen Raum, an dessen einem Ende eine Leiter nach oben führte.

In diesem war das Haus. Ein Bahre-Tisch, ein schnurrender Ofen, gut gefüllt mit Kohle; Stühle, Bilder an den Wänden und ein Fenster mit Blick auf den Pier und die Eisenbahnbrücke.

„Hier bist du sicher, Junge", sagte sie. Warte ein bisschen, jetzt bin ich wieder da.

Draußen auf der Straße ertönten Pfeifen und das Dröhnen der Motoren. Hagen beobachtete vom Fenster aus, wie der Oberstleutnant in einem Polizeijeep abtransportiert wurde.

Der Besitzer brauchte fast eine Stunde, um zurückzukehren. Als er das tat, trug er eine Flasche Brandy und eine weitere Creme de Menthe bei sich.

„Jetzt können wir das Getränk trinken. Es ist eine gute Aufregung gemacht worden, Gott. Dieser arme Junge ... Polizei ist überall gleich. Erst schlagen sie und dann fragen sie. Dafür war es es nicht wert, dass sie uns befreit hatten. Die Methoden der Gestapo waren nicht schlimmer als die, die dieser Kerl bei dem armen Soldaten angewandt hat!

Er hielt inne und sah Hagen eindringlich an.

„Du hattest die Papiere in Ordnung, oder?

„Sie haben gesehen, wie ich sie demselben Polizisten gegeben habe, der diesen verhaftet hat. Auf dieser Seite müssen Sie sich keine Sorgen machen.

Ich bin froh. Jedenfalls werden sie hier nicht nach dir suchen.

Hagen streckte die Hand aus, nahm die Frau und zog sie an sich. Einen Moment später pressten sich die saftigen, gut geschminkten Lippen des Besitzers auf seine. Als er sie küsste, erinnerte er sich vage an Anne Wald, Pronsfields "Bürgermeister". Ana war ein wenig jünger als diese, aber ich hätte nicht sagen können, welche der beiden sich besser küsste.

Mittags musste sie zum Aperitif hinunter ins Café, da sich zu dieser Zeit alle Matrosen auf dem Dock am Mallet trafen. Das Café behielt den Namen seines Besitzers, der 1940 während der deutschen Offensive in Arras starb und Bernice als Witwe hinterließ.

Hagen schaltete leise das Radio ein und hörte den alliierten Sender, der die Nachrichtensendung ausstrahlte. Die Verteidigung von Bastogne wurde fortgesetzt, unterstützt jetzt, da sich das Wetter besserte, durch Wellen von Flugzeugen. Bastogne war zum ersten Mal seit seiner Einkreisung aus der Luft versorgt worden. Die deutsche Offensive konnte beendet werden. Die Russen rückten weiter vor, auch in Italien rückten sie vor. Hagen wollte gerade das Radio schließen, als sein Arm abrupt stoppte. Ich war da. Mehrere Deutsche waren gefangen genommen worden, die die Absicht hatten, im Hinterland der Alliierten Sabotage zu begehen. Einer der Gefangenen hatte gestanden. Sie waren auf einer Mission, um General Eisenhower in seinem Hauptquartier zu ermorden. Dank seiner Aussagen hoffte man, die Zurückgebliebenen zu fassen.

Hagen machte keine Geste. Er schloss das Radio und zündete sich eine der Zigaretten an, die Bernice ihm hinterlassen hatte.

Er fragte sich, wer von den Männern, die er in diesem Zimmer in Clervaux mit sich sah, wohl gesprochen hatte. Der Oberstleutnant vielleicht? Einer der jungen Leutnants, verängstigt oder gefoltert von der amerikanischen Militärpolizei?

Er warf einen Blick auf seine Tasche auf seiner Seite, die in der Ecke des Zimmers lag. Es war genug Sprengstoff drin, um das Haus zu sprengen, den ganzen Block, aber nicht für eine der Brücken. Andererseits, er allein, was konnte er tun?

Er lächelte schief. Offensichtlich wenig. Vielleicht getötet zu werden, aber es gefiel ihm nicht sehr. Der Tod bei der Ausführung der ihm erteilten Befehle war einer der vielen Unfälle, denen ein Offizier im Krieg ausgesetzt ist. Zu sterben, nur weil es aus Stolz oder törichter Arroganz nicht zu seinem Charakter passte.

Nun, was auch immer es war, das war vorbei. Er nahm das Emblem des Signalkorps oder der Division aus dem oberen Teil seines Ärmels, ich wusste es nicht, weil sich die amerikanischen Embleme mit dummer Häufigkeit änderten, und warf es auf den Herd.

Jetzt war er ein Soldat, der sowohl einer Division als auch einer anderen angehören konnte.

Er konnte jetzt nicht gehen, denn Bernice würde ihn durch das Café gehen sehen und ihm Fragen stellen. Sie war mit seinem Verhalten so zufrieden gewesen, dass sie ihn nicht loslassen wollte, ohne ihn zurückzuhalten, oder sie kannte keine Frauen. Andererseits hatte er es noch nicht eilig.

Sie kam um halb zwei auf. Sie umarmte ihn und küsste ihn, nannte ihn ihr "petit cochon americain", und er küsste sie mit einer gewissen Kälte zurück.

„Ich muss gehen", sagte er.

„So bald," chéri"?

„Natürlich. Sie würden nicht denken, dass ich hier bleiben würde, um das Ende des Krieges abzuwarten, oder?

„Chéri" wäre keine schlechte Idee. Kaffee braucht den Arm eines Mannes, eines Mannes wie dir. Es ist ein gutes Geschäft, aber Sie brauchen einen Chef.

»Aber General Eisenhower braucht auch meinen Arm, also streiten wir nicht mehr.

Aber kommst du wieder?

„Ach ja, natürlich. Wenn sie mich nicht woanders hinbringen, haben Sie mich morgen zum Aperitif hier.

"Dann,..

Sie küsste ihn erneut und hinterließ einen karmesinroten Fleck auf seinen Lippen, den er dann vorsichtig abwischte.

Endlich war er frei von diesem Oktopus. Er schnappte sich seine Campingtasche und ging nach unten. Im Café waren noch immer mehrere Kunden, die meisten Franzosen, die ihn verärgert ansahen. Sie wussten, woher es kam. Aber keiner von ihnen sagte ein Wort.

Endlich fand er sich auf der kalten Straße wieder. Am grauen Himmel schien eine blasse Sonne, die es den Alliierten ermöglicht hatte, ihre Flugzeuge hundert Kilometer weiter östlich bei Bastogne einzusetzen.

Er zögerte keinen Augenblick. Es konnte nicht nach Osten fahren, auch wenn es die kürzeste Entfernung von den deutschen Linien war.

Er musste einen Umweg machen, vielleicht wieder nach Luxemburg einreisen ...

"Luxemburg".

Er wollte lachen. Es war jemand da, der ihm helfen konnte. Er war natürlich in Gefahr, aber nicht weniger, als wenn er dort festgehalten und mit den Saboteuren in Verbindung gebracht würde. Sie würden ihm natürlich nicht verzeihen. Dieser Idiot, der gesagt hatte, eine seiner Missionen sei die Ermordung des Generals der Alliierten Armee, hatte sie zum Tode verurteilt, wenn sie erwischt wurden; daran hatte er keinen Zweifel. Woher soll das übrigens kommen? Oder war es nur eine der vielen Lügen, die die Alliierten in ihren Propagandadiensten verwendeten? Jedenfalls hatte er jetzt keine Lust, es herauszufinden.

Die Straßen waren immer noch voller Soldaten. Er zog keine Aufmerksamkeit auf sich; Aber er wollte auch nicht, dass ein Militärpolizist ihn mehrmals an ihm vorbeigehen sah und sein Gesicht erkannte. Die herumlungernden Soldaten, ohne im Rücken eine Seltenheit zu sein, verdienten die Zustimmung der Militärgendarmen nicht.

Die "Rue" de Notre Dame hinunter ging er schnell hinab, bis er eine Kreuzung nach Oger fand, der Straße, auf der er gekommen war. Er ging den Bürgersteig entlang, unter dem Schutz der überhängenden Dachtraufe, mit raschen Schritten, als warteten sie irgendwo auf ihn. Als er den Kanal erreichte, ließ er die Tasche fallen, nachdem er alles herausgenommen hatte, was nicht der Sprengstoff war. Die Tasche sank sofort. Wenn eine Pinasse über sie stolperte, würde sie zur Hölle fahren. Wenn nicht, würde es unten im Schleim bleiben, bis es auseinanderfiel.

Collins' "Jeep" war dort, wo er ihn gelassen hatte. Er stieg ein und überprüfte das Gas. Der Tank war fast voll.

„Gut", murmelte er. Jetzt oder nie.

Er legte den Gang des Jeeps ein und wartete. Er musste es nicht lange tun. Von der Kreuzung mit der Dinant-Autobahn traf ein Konvoi von Lastwagen in der Schlange ein. Es waren fünf, und sie waren schwer beladen, aber nicht mit Truppen, da durch die Lücke, die die hinteren Planen freiließen, nur Kisten zu sehen waren.

Er stellte sich neben den letzten Lastwagen und folgte ihm gehorsam. Beim Verlassen der Stadt hielt der Konvoi am Kontrollpunkt. Die Abgeordneten sahen sich die Papiere der Fahrer an und gaben ein Armzeichen. Hagen folgte ihnen, und niemand fragte ihn.

Der Konvoi fuhr weiter auf der Straße zweiter Ordnung, die von Schildern in englischer Sprache gesäumt war, die darauf hindeuteten, dass dies die Straße nach Luxemburg war, und in vielen Fällen mysteriöse Schilder, von denen Hagen sich ausging, dass sie den Standorten der verschiedenen Einheiten entsprachen.

Um vier Uhr nachmittags passierten sie Wellin und um fünf Uhr Libramont. Am Eingang zu jeder dieser Städte gab es Militärkontrollpunkte, aber alle passierten sie, ohne dass sich einer der Militärpolizisten fragte, ob dieser "Jeep" in den Fahrzeuglisten enthalten war, die die Fahrer vorlegten.

Hagen hatte sich in Neufchateau bereits mit einem der Fahrer angefreundet, einem Italiener aus Kalifornien, der schon lange in Frisco lebte. Als Dieter ihm sagte, dass er mit ihnen reiste, weil er sich dadurch sicherer fühlte und dass er nach Luxemburg fahren würde, um seinen Oberst zu finden, um ihn zu treffen, sagte ihm der Kalifornier, dass er mit ihnen gehen könne, weil zum Glück der Mann, der die Konvoi war kein Offizier, sondern ein Sergeant, und zwar die meiste Zeit betrunken, wenn auch mit großen Augen und auf dem Eimer sitzend.

Er lud ihn zum Essen ein und beide feierten lachend, dass es sich bei der Ladung des Konvois um Badewannen für die WACs der weiblichen Hilfsdienste handelte, die europäischen Badewannen nicht trauten oder überhaupt alles, was das Licht Europas erblickt hatte.

Um sieben Uhr morgens kamen sie nach Luxemburg.

Es war ihm gelungen. Immerhin hatte er die Hälfte seiner Ziele erreicht.

Die Schule befand sich in der Pfalzstraße in einem großen Backsteingebäude mit Schieferdach, und die Gemeinde hatte dahinter für die Lehrer kleine Häuser gebaut, die von winzigen Gärten umgeben waren.

Dieter Hagen schob seinen Helm nach vorne. Er ging zu einem der Häuschen, öffnete das Tor, durchquerte den Garten. Er klopfte an die Tür.

Eine schläfrige Stimme antwortete ihm nach einem Moment und fragte, was er um diese Stunde wollte. Dieter antwortete nicht, und endlich ging die Tür ein paar Zentimeter auf. Ein rosiges Gesicht, mit blondem Haar umrahmt, erschien darin. Mit einer langsamen, bedächtigen Bewegung hob Dieter seinen Helm, damit sie seine Züge sehen konnte.

Die Augen der Frau weiteten sich und dann ihr Mund.

„Nicht schreien", befahl Hagen und stellte seinen Fuß zwischen die Tür – „Ich bin's, aber schrei nicht.

Er drückte leicht und trat ein. Lächelnd lehnte er sich an die Tür.

Aber ... Dieter! OH MEIN GOTT!

Die Augen der jungen Frau sahen auf seine Uniform. Langsam führte er seine Hand zum Mund.

„Dieter...", wiederholte er mit gedämpfter Stimme.

„Ich brauche dich, um ein paar Stunden zu bleiben", sagte der Deutsche und streckte ihr die Hand entgegen. „Ich brauche es, Gerda. Ich denke, du wirst mich nicht im Stich lassen.

Gerda Rosenkrantz war eine der Lehrerinnen an der Stadtschule Luxemburg. Sie war fünfundzwanzig Jahre alt und hatte einen Körper, der in jedem Modehaus viel mehr Geld verdient hätte. Aber, wie sie Dieter oft versichert hatte, während er lachte, hatte sie eine echte Vorliebe für das Unterrichten. Sie wollte Professorin für Kunstgeschichte werden und studierte dafür, während sie Spinnweben aus den Gehirnen kleiner wilder Bergarbeitersöhne streifte.

„Dieter ... was machst du in einer amerikanischen Uniform?

„Versteck mich", antwortete er lächelnd. Gerda, willst du mich noch lange hier behalten? Ich habe mehrere Tage nichts gegessen.

Er nahm ihre Hand, zog sie an sich und presste seinen Mund an ihr Ohr.

„Sind Sie froh, Ihren Kapitän zu sehen, Gerda?

Er nahm sie in seine Arme und drehte sie um. Dann legte er es wieder hin.

„Hast du was zu essen?

Sie zog sich zurück, sah ihn an und wagte nicht einmal zu glauben, was sie sah. In den fünf Monaten, die Dieter mit seiner Division in Luxemburg verbrachte, waren sie ein Liebespaar gewesen. Natürlich besetzten damals die Deutschen das Prinzip, und die Bewohner waren, ohne offen germanophil zu sein, zumindest nicht viel dagegen. Aber jetzt waren es die Amerikaner, die Luxemburg besetzten.

Dieters Blick verhärtete sich merklich.

„Du denkst, das ist ein Konflikt für dich, nicht wahr, Gerda? Denkst du das gerade?

„Nein, nein, Dieter, das versichere ich Ihnen nicht. Aber ... es war so eine Überraschung, Sie plötzlich in einer amerikanischen Uniform erscheinen zu sehen ...

„Ich bin nur gekommen, weil ich hier näher an den deutschen Linien war, zu denen ich zurückkehren möchte. Ich wurde gefangen genommen und bin geflohen. Aber wenn du mir nicht helfen kannst...

„Warte", bettelte sie und sah ihn mit ihren blauen Augen an. "Warte, Dieter, es war die Überraschung...

Plötzlich fiel sie ihm in die Arme.

„Dieter, wie sehr habe ich dich vermisst! Du kannst dir nicht vorstellen, was ich geweint habe, wenn ich daran denke, wo du die ganze Zeit sein würdest!

Er strich ihr übers Haar und dachte schnell nach. Er konnte nicht lange in diesem Haus bleiben. Umso mehr, bis in die Nacht, da früher oder später seine Anwesenheit entdeckt werden würde.

"Um wie viel Uhr musst du zur Schule gehen?" Er hat gefragt.

„Die Schule funktioniert nicht. Der Unterricht beginnt erst nächsten Monat ... nächstes Jahr natürlich.

„Besser, Gerda, ich brauche nur etwas zu essen, wenn du es hast, und ein paar Informationen.

- "Ich habe Essen", antwortete sie. Ach, Dieter, dich so zu sehen, so gejagt...! Armer Dieter!

Hagen lächelte. Der Körper des Mädchens klebte an seinem. Ihre Atemzüge vermischten sich. Er schob es weg und betrachtete es.

„Du bist so schön wie immer, Gerda. Ich nehme an, amerikanische Beamte haben es Ihnen schon oft gesagt.

„Halt die Klappe. Ich werde dir etwas zu essen machen.

Er hielt für einen Moment inne.

„Du planst natürlich zu gehen. Wie wirst du das machen?

„Ich habe mich noch nicht entschieden, aber ich werde einen Weg finden, es zu tun. Keine Sorge.

„Vielleicht, wenn ich Zivilkleidung besorgen könnte ...

„Nicht. Die sind viel sicherer. Ich muss dorthin zurück, Gerda, und ein Zivilist kommt nicht in die Nähe der Frontlinie. Sie würden ihn sofort aufhalten.

Sie ging ins Badezimmer, kämmte sich die Haare und wusch sich Gesicht und Hände, während Hagen sie beobachtete, die gegen den Türrahmen lehnte und sich fragte, ob sie leichtsinnig gewesen war. Woher wusste er, was das Mädchen nach zehn Monaten Abwesenheit dachte? Hatten sich seine Gefühle nicht geändert? Immerhin hatte es einige Kritik von den anderen Lehrern gegeben, als sie sie mit dem gutaussehenden Panzerkapitän der Invasionsarmee sahen.

Dann bereitete Gerda eine Mahlzeit zu, die aus Eiern, Speck und Kartoffeln bestand. Hagen setzte sich an den Tisch und aß hungrig.

Als er fertig war, reichte sie ihm eine bereits angezündete amerikanische Zigarette.

"Sind hier viele Truppen?" fragte Hagen.

„Viele" sie sah ihn hässlich an, fast ohne zu blinzeln. Für einen anderen Mann wäre dieser Blick etwas nervig gewesen. Er war es gewohnt, dass Frauen ihn so ansahen.

"Amerikanisch, nehme ich an?"

„Ja, und einige Franzosen, wenn auch nur wenige. Aber...

„Gibt es Panzer?

„Wir haben viele vorbeiziehen sehen, aber ich weiß nicht, ob sie in der Stadt sein werden. Aber, Dieter, ich kann Ihnen keine Auskunft geben. Du bist ..., du bist vom Feind.

Hagen lächelte, als er eine Rauchwolke zur Decke blies.

„Ich frage Sie nicht nach militärischen Geheimnissen, Gerda. Nur allgemeine Informationen. Ich muss wissen, wohin ich gehe.

Sie lehnte sich an seine Schulter. Durch die dicke Stoffrobe kam die Wärme ihres Körpers zu ihm. Er umarmte sie fest mit seinem linken Arm.

„Ich bleibe hier bis zur Nacht, wenn es dir nichts ausmacht.

„Kümmere dich um mich, Dieter?

"Ich brauche ein Badezimmer. Mir kommt es vor, als hätte ich in ... Jahrhunderten nicht gebadet.

„Du wirst müde sein, oder?

Dieter war es nicht, aber er hat sie nicht aus ihrem Fehler herausgeholt. Eine Frau tut alles für einen müden und hungrigen Mann, besonders wenn dieser Mann für sie das war, was Hagen für Gerda gewesen war. Es schadete nicht, anzunehmen, dass er sie brauchte.

„Niemand wird wissen, dass ich hier bin", sagte er. Ich werde dich nicht kompromittieren. Ich nehme an, Sie hatten wegen uns Schwierigkeiten mit der Schulleitung.

Sie schüttelte den Kopf.

„Einige, aber alles ging schnell. Die Leute sind zu glücklich, weil sie uns die Freiheit gegeben haben, darüber nachzudenken.

"Von was befreit?" Er hat gefragt.

„Nun ... von dir.

„Bah, du bist so deutsch wie wir, auch wenn du deine Straßenschilder auf Französisch stellst.

Sie küsste ihn heiß. Und in diesem Moment merkte Hagen, dass er müde war. Es war, als ob all die Müdigkeit, die sich während einer Woche nervöser Anspannung angesammelt hatte, plötzlich auf ihm zusammengebrochen wäre. Seine Augen schlossen sich.

Er kämpfte gegen die Erstarrung an und kämpfte darum, die Augen offen zu halten. Es war harte Arbeit für ihn, es zu tun.

Gerda bemerkte dies und fuhr sich mehrmals mit der Hand durchs Haar, um ihren Traum zu betonen. Hagen stand auf.

"Kann ich duschen?" Er hat gefragt.

Sie lächelte ihn an. Ihre Augen leuchteten vor Tränen.

„Warum schläfst du nicht ein bisschen früher? Du wirst in der Badewanne einschlafen.

Hagen erkannte, dass es so sein würde und ließ sich ins Bett führen. Es war noch warm von der Hitze der jungen Frau. Er zog seine Stiefel aus und legte sich hin. Einen Moment später war er eingeschlafen.

Er wachte erschrocken auf und sah auf seine Uhr. Acht. Hatte er nicht länger als eine halbe Stunde geschlafen? Aber als er das Licht sah, stellte er fest, dass er zwölf Stunden am Stück geschlafen hatte. Er stand auf. Ich war frisch und ausgeruht. Die junge Frau trat ein. Sie kam für die Straße angezogen und trug ein Paket in der Hand.

„Ich bin für einen Moment ausgegangen, um etwas zu essen zu kaufen“, sagte er, „-. Du hast den Tag geschlafen.

"Ja.

Er nahm ein Bad, was fast eine Stunde dauerte. Dann machte sie ihm Abendessen.

„Bleib bis morgen“, sagte er mit leisem Mund ganz nah am Ohr. Hagen lachte heiser und schüttelte den Kopf.

„Unmöglich. Bei Tag wäre es viel schlimmer. Weißt du, ob Bastogne gefallen ist?

„Nein", antwortete sie mürrisch. „Sie haben es nicht geschafft, es zu nehmen. Die Amerikaner sagen, sie werden sie in den nächsten Stunden freilassen.

Hagen stand auf und knöpfte seinen Mantel zu. Er sah von seiner Höhe auf den Luxemburger herab.

Auf Wiedersehen, Gerda, und danke für alles. Wenn wir beide noch am Leben sind, sehen wir uns nach dem Krieg.

„Du bist hasserfüllt", sagte sie mit zusammengekniffenen Lippen. "Du bist ein absolut hasserfülltes Wesen und ohne Herz und ohne Gefühl ...

Hagen küsste sie und die letzte Silbe war verloren. Sie schlang ihre Arme um seinen Hals und weigerte sich, loszulassen. So sanft wie möglich löste sich der Kommandant.

„Auf Wiedersehen, Gerda", wiederholte er. Bitte gehen Sie raus und sagen Sie mir, wenn jemand auf der Straße vorbeikommt. Ich tue es für Sie, verstehen Sie.

Sie gehorchte. Sie wandte ihm das Gesicht zu.

"Niemand.

Sie küsste ihn ein letztes Mal und Hagen trat auf die kalte Straße.

Der Jeep war da, wo er ihn verlassen hatte, aber er hatte für mehr als ein paar Dutzend Kilometer nur noch Benzin, und er konnte nicht daran denken, aufzutanken. Nun, sie würden so lange halten, wie sie es taten.

Er kletterte hinein, warf einen letzten Blick auf das Haus des Mädchens, das in den Schatten der Dunkelheit gehüllt war, lächelte leicht und startete den Motor.

Jetzt kam der gefährlichste Teil von allen. Gehen Sie näher an die Front.

Er vermutete, dass es am Ausgang der Stadt an der Straße nach Ettelbrück amerikanische Militärkontrollpunkte geben würde, also nahm er die Rippigstraße in Richtung der deutschen Grenze.

Auch hier gab es eine Kontrolle. Neben ihm warteten mehrere Dutzend Armeelastwagen auf Überprüfungen. Als er merkte, dass es verrückt wäre, mit seinem Fahrzeug an ihm vorbeizukommen, ließ er es aufgrund der Ausgangssperre auf einer verlassenen Straße stehen und ging auf einen der Lastwagen zu, den letzten.

Er rauchte ruhig eine Zigarette. Ein Soldat vom Versorgungsdienst winkte ihm zu.

"Gib mir Feuer, ja?" - er hat gefragt. Während er sich seine Zigarette anzündete, sah er Hagen an. „Wie lange denkst du haben wir hier? Weißt du was?

"Nicht mehr als du.

„Gott, ich friere. Ich habe gerade eine Tasse Kaffee getrunken, aber es sieht so aus, als hätte ich sie auf den Boden geworfen, wenn man bedenkt, wie wenig sie auf mich wirkt. Für einen Drink würde ich alles geben.

Die Schlange begann, und der Mann rannte zu seinem Platz neben dem Fahrer. Hagen dachte nicht einmal daran. Er sprang auf, kletterte auf die Ladefläche des Lastwagens und stieg vorsichtig über die Kisten, bis er nahe an den Eimer war. Dort ging er in die Hocke.

Ungefähr eine Viertelstunde verging, bis der Lastwagen mit etwa dreißig Meilen pro Stunde über die Autobahn zu rollen begann. Jede Radumdrehung brachte ihn näher an die Mosel oder die Our. Er hatte einen unwiderstehlichen Drang zu rauchen, aber er konnte nicht.

Das Rattern des Lastwagens wiegte ihn leicht ein, trotz der zwölf Stunden, die er geschlafen hatte. Er wachte abrupt auf, als sein Kopf gegen eine Schublade prallte.

Ein furchtbares Gebrüll drang an seine Ohren. Auf der Straße fuhren Panzer vorbei.

Er ging zur Ladefläche des Lastwagens und spähte durch die Krawatten in der Plane. Tatsächlich kreuzten sich riesige Massen vor seinem Blick, und ganz nah, ganz nah, das Gebrüll der Artillerie. Es war nur wenige Kilometer von der Front entfernt.

Er sprang auf und fand sich am Rand des Wagens wieder.

Viele Soldaten stiegen aus den Lastwagen, während die Offiziere von einem Ort zum anderen rannten und Befehle gaben, als wären sie verrückt geworden.

„Bald! Werde dieses Hindernis los! Steck sie weg!

Hagen mischte sich unter sie, gefolgt von einer Reihe von Soldaten, die versuchten, einen Lastwagen beiseite zu schieben, der beide Räder einer Seite in ein tiefes Schlagloch im Graben getrieben hatte. Währenddessen fuhren die Panzer weiter in Richtung Norden. In diesem Moment explodierte eine Granate ganz in der Nähe von Dieter. Er duckte sich automatisch, und neben sich fühlte er das gedämpfte Stöhnen eines Mannes, der gerade verwundet worden war. Dann schrie der Verwundete endlos. Hagen löste sich von ihnen und ging ins Feld. Gruppen von Soldaten rannten von einer Seite zur anderen, und es schien dem deutschen Kommandanten, als wüssten sie kaum, was sie tun sollten.

Hagen schloss sich einer der Gruppen an, die nach Norden fuhren. Es bestand, soweit er das beurteilen konnte, aus Ingenieuren. Unter ihnen waren viele Schwarze.

Als er hinter ihnen ging, wurden am Horizont mehrere Fackeln entzündet. Die Gruppe blieb stehen, während der Offizier ihnen zuschrie, sie sollten fortfahren. Über ihnen hörten sie das Geräusch von Düsentriebwerken.

Hinter ihnen fuhr ein Raupenwagen ins Feld. Die Explosionen der Bomben klangen immer näher.

Hagen fragte sich, ob es nur ein Bombardement war oder bedeutete es, dass die Front sehr nahe war, was er mit aller Kraft wollte.

Die Fackeln erhellten weiterhin die Nacht mit kaltweißem Licht. In seinem grellen Glanz konnte er die Gesichter der amerikanischen Soldaten sehen, mit angespannten Zügen, mit großen Augen. Es war seltsam, die Augen der Schwarzen inmitten ihrer dunklen Gesichter zu sehen.

Eine Granate fiel ganz dicht auf sie und sie warfen sich alle zu Boden. Dann begann eine Stimme zu schreien, dass sich Panzer näherten.

Wenn es ein deutscher Vormarsch war, konnte sich Hagen inmitten der Dunkelheit und Nervosität des Kampfes nicht mit seinem eigenen identifizieren. Er begann zu denken, dass es eine schlechte Idee gewesen war, nicht bis zum Morgen zu warten, um zu versuchen, auf die andere Seite zu springen.

Die Soldaten gaben nicht nach. Ihr Offizier, der fast immer vor ihnen marschierte, schrie heiser, sie müssten eine Linie voraus. Sie fuhren nach dem kurzen Zögern der Bombe fort.

Sie müssen sich wieder der Straße genähert haben, denn sie hörten wieder die schweren Panzer vorbeifahren. Alles war Lärm, Verwirrung und Dunkelheit, außer wenn die Leuchtkugeln langsam vom Himmel herabstiegen und alles mit sich bewegenden Schatten füllten.

Hagen stolperte über einen gefallenen Körper, wahrscheinlich einen toten Körper, und fuhr fort, den Soldaten immer auf den Fersen. Der gesamte Horizont leuchtete von der Explosion der Granaten auf, als hätte er Feuer gefangen. Es wurde gekämpft, und nicht weit von dort.

Schließlich, nach fast einer Stunde irrsinnigen Marsches, kamen sie an einen Ort mit niedrigen Steinzäunen. Sie sprangen über sie und fanden sich in einem Hof wieder, der wie ein Bauernhof aussah, wo noch mehr Soldaten standen. Der Offizier, der die Gruppe befehligte, näherte sich einem anderen, dessen Revers ein Eichenblatt war.

"Auf Ihren Befehl, Commander", sagte der Ingenieuroffizier. Wir bringen den Stacheldraht.

"Verdammt, der Mangel, den es bereits gibt, und verflucht den Mangel, dass sie einen solchen Befehl gegeben haben", antwortete der andere schreiend, sein Gesicht zersetzt. Was wir brauchten, waren Panzer und "Bazookas", und ich glaube nicht, dass ihr sie in einem fünf Zentimeter hohen Karren mitbringt.

"Nein, Sir", antwortete der Offizier.

„Hinter diesen Häusern stehen Panzer. Nein, Sie können sie nicht sehen, bis wir noch mehr Fackeln abfeuern, aber Tatsache ist, dass sie uns vor zwei Stunden mit Maschinengewehren beschossen haben. Sehen Sie, was sie mit den mitgebrachten Materialien machen können und was sie dort finden. Wir müssen verhindern, dass diese Panzer die Straße erreichen und die Konvois abschneiden oder verlangsamen. Du verstehst mich nicht, du Idiot? Bewege deine Beine!

„Ja, Sir. Jungs, zur Arbeit!

Über ihnen explodierte eine Leuchtkugel am Himmel, und er stieg mit seinem kleinen Fallschirm ab und erhellte alles. Hagen blickte einen Moment nach vorn.

Diese Farm war nicht isoliert, sondern gehörte zu einer Gruppe von ihnen. Hinter dem letzten sah er die vertrauten Kanonen von zwei oder drei "Tigern", die sich langsam nach links bewegten. Dann fingen sie an zu schießen, und er fiel zu Boden.

Die Schüsse der "Tigers" trafen zweimal die Farm, deren Mauern noch standen, und durchbohrten sie wie aus Schlamm. Eine beißende Staub- und Gipswolke ließ ihn husten.

"Stoppt diese Panzer!" schrie der Eichblattoffizier. Stoppe sie!

Aber anscheinend gab es dort keine Panzerabwehr, keine "Bazookas". Der Offizier winkte, und ein mit einem tragbaren Funkgerät bewaffneter Soldat eilte zu ihm. Der Offizier begann eindringlich zu rufen, während er fluchte. Er rief XV 34 an, und als sie ihm endlich antworteten, sagte er, dass dazwischen mehrere deutsche Panzer seien, dass, wenn sie vergessen hätten, dass sie es zwei Stunden lang gesagt hätten, und dass der Oberst persönlich kommen würde, um die Geschütze zu berühren der deutschen Panzer, wenn er daran zweifelte.

Hagen lächelte. Er hatte erkannt, dass die Panzer nicht versuchten, die Farm frontal anzugreifen, sondern auf etwas warteten, vielleicht auf Verstärkung, denn was sie taten, war, hin und her zu gehen, während sie schossen, obwohl es in Wirklichkeit nicht der Fall gewesen wäre viel Arbeit. fegen die Gebäude.

Er verstand, was er zu tun hatte, und er tat es, ohne eine Minute zu verschwenden.

Da ihn niemand bemerkte oder von ihm erwartete, dass er etwas tat, ging er davon und schützte sich mit einer der Ecken der Wände.

Er faltete es zusammen und fand sich vor der Farm wieder. Er blieb einen Moment stehen, als die Leuchtkugel erlosch, und er hörte, wie Panzergeschosse über sich hinwegflog und die Luft mit unheimlichen Kreischen durchwühlte. Als er sie hörte, verstand er, dass die Panzer jetzt nicht auf die Farm feuerten, sondern den Feuerwinkel erhöht hatten, um »dahinter« zu feuern.

Das konnte nur eines bedeuten: Infanteriekräfte näherten sich were

Wenn sie ihn dort in amerikanischer Uniform erwischten, wäre es sinnlos zu schreien, er sei ein deutscher Kommandant. Sie würden ihm ein Bajonett in den Körper stecken und ihren Vormarsch fortsetzen. Also tat er das Einzige, was er jetzt tun konnte: sich auf den Boden fallen lassen und ganz still stehen bleiben.

Dass er sich nicht geirrt hatte, zeigte sich daran, dass für einen Moment keine Fackeln mehr angezündet wurden. Das muss auch der Offizier mit dem Eichenblatt am Revers bemerkt haben, denn er hörte ihn hinter sich schreien, nach Lichtern rufen und seinen Männern befehlen, vorsichtig zu sein, dass dies eine verdammte Falle sei.

Es gab eine angespannte Wartezeit. Fast fünf Minuten.

Und plötzlich, als er unter das Visier des Helms blickte, ohne den Kopf vom Boden zu heben, sah er ein Bündel vor sich auftauchen, das über die Mauern des Hofes sprang. Ein anderer, zwei weitere, fünf, zehn, folgten ihm.

Sie beugten sich vor, Gewehre in der Hand, aber Hagen konnte schon ihre eckigen Helme erkennen. Deutsche, das waren Deutsche.

Es bewegte sich nicht. Der erste Schützen ging wie ein Wolf an ihm vorbei und näherte sich der Ecke der Mauer. Zwei andere, die einen Mörser zwischen sich tragen. Sie stellten es in einem Moment ein, während sich der Platz mit Soldaten füllte, und schossen das erste Projektil ab.

Hagen blieb regungslos stehen. Er lauschte dem Lärm, den die Amerikaner hinter ihm machten. Neben ihm stand ein deutscher Soldat, so nah, dass er den beißenden Geruch seiner nassen und verschwitzten Kleidung riechen konnte. Er war ein Schütze, der fast genauso still stand wie er.

Dann rückten die Soldaten vor und achteten nicht mehr darauf, ihre Anwesenheit zu verbergen. Doch hinter ihnen folgten weitere, und gleichzeitig setzten sich die Panzer in Bewegung.

Er hörte die befehlenden Stimmen eines deutschen Offiziers, der die Soldaten rief, um das Gebäude zu umkreisen, und das Knistern von Schützen und Maschinenpistolen.

Er riskierte, den Kopf leicht zu heben. Deutsche Infanteristen gingen vorbei und zerquetschten alles mit ihren Stiefeln. Die Panzer hatten ihren Marsch nach links gelenkt, und einer von ihnen feuerte Geschoss um Geschoss auf die Amerikaner ab.

In diesem Moment riskierte er, sich aufzusetzen und erwartete jeden Moment, den Stahl zwischen seinen Rippen zu spüren. Aber er hatte die weißen Schulterklappen eines Offiziers mit goldenen Nägeln glänzen sehen.

"Kapitän!" Er hat angerufen.

Der Beamte hörte ihn nicht und Hagen wiederholte den Anruf. Der andere drehte sich zu ihm um und richtete die Waffe sofort auf ihn.

„Nicht schießen! Major Hagen aus Panzern auf Sondermission!

Der Offizier feuerte und die Kugel grub sich neben Hagens Kopf ein, dank der Tatsache, dass Hagen sich schnell bewegt hatte.

„Nicht schießen! Ich bin Deutscher! Major Hagen von den Panzern!

Der Offizier] zeigte immer wieder auf ihn. Dann bellte er einen schnellen Befehl, und zwei Soldaten standen neben Hagen, Bajonette zwei Zentimeter von seiner Nase entfernt.

"Ihn zurücknehmen.

Hagen stand langsam auf. Eine neue Welle von Soldaten tauchte über dem Zaun auf. Die Schüsse klangen weiter entfernt. Sie müssen die Verteidiger der Farm inzwischen erledigt haben.

Hagen stapfte mit Bajonetten nach ihm, und Hagen schritt zum Zaun. T] Kapitän hatte sich genähert. Seine Augen suchten Dieter kalt ab.

"Was sagst du, Hund?" Er hat gefragt.

Hagen legte die Hände auf den Helm und wurde sofort in die Nieren punktiert.

„Ich möchte es nur abnehmen", sagte er. Ich bin Major Hagen, auf einer besonderen Mission hinter den feindlichen Linien. Wenn unter Ihnen ein Vorgesetzter ist ...

„Ich bin genug für das, was mit dir zu tun ist. Kommt schon, Jungs, nehmt es zurück. Und wenn er versucht zu fliehen und du ihn tötest, werde ich nicht derjenige sein, der sich beschwert. Zurück mit ihm!

Ein Offizier mit geflochtenen Schulterklappen und einem goldenen Nagel darin kam. Er hatte seinen Helm verloren oder abgenommen und sein blondes Haar hing in der Luft.

„Was machst du hier, Borst? –", fragte er den Kapitän. Warum bleibst du nicht bei deinen Männern?

"Dieser Amerikaner sagt, er sei Deutscher.

"Ich bin Major Hagen, Oberstleutnant", wiederholte Dieter zum dritten Mal. 2. Brigade, 3. Regiment, 2. Division Generalmajor Schlechter, 5. Armee "Panzer" ... "Generalleulnanl" Von Manteuffel.

Der Oberstleutnant hörte ihm mit festem Blick zu. War sehr jung.

"Bring ihn mit.

Sie führten ihn nach hinten. Einer der Panzer stand still und der Kopf seines Chefs ragte aus der Luke. Ein Lichtblitz erhellte geisterhaft seine Züge.

"Lieutenant! Hören Sie auf diesen Mann ...!

Er konnte nicht fertig werden. Der Mann, der durch die Luke spähte, starrte Hagen an.

"Kapitän!" Er rief aus.

"Major", antwortete Hagen lächelnd.

"Kennst du ihn?" Fragte den Oberstleutnant der Infanterie.

„Ja, Oberstleutnant. Es ist der Kerl ... es ist Major Hagen von der zweiten Division.

Der Oberstleutnant lächelte.

Welchen Blitz und Donner hast du dort gemacht, in einer amerikanischen Uniform?

„Besonderer Service, Sir. Ich muss sofort meine Vorgesetzten sehen.

„Es ist okay. Ich werde sie ihn zurückbringen lassen. Aber die Zeilen sind sehr verworren. Die Front erscheint mir sehr fließend.

Er streckte seine Hand aus und schüttelte sie. Dann rannte er seinen Männern hinterher.

Hagen ging weiter. Zu seinem Vergnügen wäre er bis zum "Tigre" gefahren, von dem der Tankerleutnant ihn begrüßte, aber zuerst musste er sich melden. Verdammte Berichte, fünfzigmal verdammt, besonders wenn sie schlechte Nachrichten verkünden sollen.

"Hast du einen Affen?" fragte er den Leutnant. Ich kann in diesen Kleidern nicht durch unsere Reihen gehen.

Unter den Augen der beiden Soldaten, die ihn bewacht hatten, und dem des Leutnants, zog er seinen Khakimantel, die Tunika und die Hose aus und zog in der kalten Nacht zitternd seinen Overall an. Einer der Soldaten reichte ihm einen Umhang.

„Komm", sagte Hagen.

Er sah ein letztes Mal hinter sich, nach vorne. Ein leichtes Zucken zuckte seine rechte Wange. Nach allem, was er im Rücken der Alliierten gesehen hatte, wusste er, dass diese deutsche Offensive wahrscheinlich der letzte Schlag der Reichswehr sein würde. Das Letzte.

Es war nicht möglich. Es gab zu viele Männer, zu viele Panzer, zu viel Artillerie, zu viel von allem. Es genügte ihm, sich diese Soldaten anzusehen, die ihn umgaben, dürr, wie Falken, abgemagert, die nur Patriotismus will, unterstützt und verglichen mit diesen anderen robusten, wohlgenährten GIs ...

Ja, es wäre eine der letzten deutschen Offensiven, wenn es nicht die letzte wäre.

Dann ging er mit festem Schritt auf den wartenden Wagen zu.

ENDE

107